MORTI E VIVENTI

ENRICO PANZACCHI

PREFAZIONE

Possono dei brevi scritti - che mettono avanti qualche idea, sve-gliano qualche ricordo e agitano alcune questioni letterarie e artisti-che vivamente sentite nel nostro tempo - venire riuniti in un volume, che non disdica nella bella collezione dei «Semprevivi»?...

Questa domanda io rivolsi a me stesso, quando l'egregio editore Cav. Giannotta cortesemente mi invitò a mandargli la materia di un volumetto.

Se io abbia fatto bene o male a rispondere sì (non però senza qualche esitazione), giudicheranno i lettori e giudicherà l'editore, se-condo l'esito del libro.

Questo credo io di certo: che la critica per la critica è un male anche maggiore dell'arte per l'arte.

E se mi decisi a mandare il manoscritto, fu appunto perchè ho sempre abborrito non solo dalla critica vuota, oziosa, pettegola, ma anche da quella fatta solo per il gusto di giuocare d'abilità mini-strando giudizi a destra e a sinistra.

Un intendimento di bene mi ha sempre deciso a stampare, perchè sono sempre stato sincero nello scrivere. Se poi al bene io sia riusci-to, anche questo decideranno i lettori e l'editore, secondo l'esito del libro.

ENRICO PANZACCHI

Quest'anno, l'estate ha voluto entrare allegramente nel dominio dell'autunno. La vendemmia, sollecita, è già finita nei vigneti e an-che sulle viti attorte agli alti alberi allineati per i poderi. - Sovra i campi di frumento e di granturco è passato l'aratro. Le terre brune, e qua e là ancora lucenti per il taglio fresco del coltro profondato nei solchi, ora si scaldano al sole e si ritemprano all'aria, aspettando la seminagione prossima.

E la campagna è ancora tanto bella! Più bella d'una bellezza so-lenne e dolce per questo ozio intermedio dei grandi lavori campestri, per tutto questo verde lavato, rinfrescato e visibilmente ringiovanito dalle ultime pioggie settembrine.

Il sole è alto e scotta come di giugno; ma appena io tocco l'ombra d'una casa di un albero, sento che il fondo dell'aria si è molto muta-to. Effetto delle notti già lunghe. E vado per questa distesa di campagne che dalla prima radice delle colline si abbassano lentamente, un poco ondeggiando, verso la via Emilia e verso il fiume.

Una pace immensa, un silenzio immenso. Prendo per i sentieri vi-cinali - qui li chiamano stradelli - tortuosi e pieni di polvere. Le siepi di biancospino, umili nel maggio e di un verde delicato, ora si sono fatte alte e dense e aspre, come le vuole l'amico Gabriele; se non che di tratto in tratto un cespuglio di more selvatiche e qualche alberello carico di bacche rosse rompono questa irta monotonia di ostacoli bi-laterali; e pare che l'occhio li noti volentieri.

Io non so bene dove mi conducano questi stradelli polverosi. Continuano sempre dinanzi a me, entrando uno nell'altro, tagliando-si talvolta uno coll'altro, sdoppiandosi, piegando in tutte le direzioni. Per orientarmi, guardo il campanile rosso della parrocchia di Pizzo-calvo che sorge sull'umile collina, alla mia destra....

*

* *

Ho incontrato un barrocciaio a vuoto, e mi ha detto che veniva da Medicina e andava a Monterenzo per la strada che sale lungo il letto dell'Idice. Nessun altro incontro. Pei contadini questa è l'ora del de-sinare; e i signori villeggianti intanto digeriscono la colazione chiac-chierando intorno alla tavola. Alcuni leggono il giornale pisolando. Qualche signora preferisce di rimettersi al lavoro d'ago, qualche ra-gazza di sbadigliare sopra un romanzo o di sognare a occhi aperti, distesa sopra una chaise-longue... Il dèmone meridiano entra per le finestre semichiuse, aleggia per le stanze silenziose e carezza delica-tamente i corpi e le anime mezzo sopite.

Ecco che arrivo in paese di conoscenza!... Nel punto ove i due stradelli s'incontrano, lo spazio improvvisamente si allarga, l'ombra è più estesa, l'aria più fresca. Quattro alti pilastri spiccano nel verde e due bei sedili di pietra invitano a riposare e a curiosare per la vasta cancellata.

Io siedo e ricordo, guardando. L'antica villa signorile, ove non è nascosta dagli alberi del parco, mostra i muri neri e verdognoli, scre-polati qua e là. Sul davanti e molto più vicino alla siepe di cinta - una bella siepe difesa da una rete di filo di zinco - si vede la cappel-la, ombreggiata anch'essa da vecchi olmi, piccola ma svelta e pom-posetta nella sua architettura dalla prima metà del settecento.

Di queste cappelle ne ho vedute parecchie venendo dalla collina. Difficile ritrovare una villeggiatura un po' antica che non abbia la sua; e quasi tutte appaiono costruite, o rifatte, nello stile del secolo scorso. Esse ricordano un tempo nel quale i nostri nonni, anche la pietà volevano circondata di tutti i commodi e non disgiunta da cer-te forme di privilegio. Le cappelle erano come l'accessorio sacro e il distintivo gentilizio della vita campestre dei signori. Quando la fa-miglia si stabiliva in campagna per i lunghi mesi dell'estate e dell'au-tunno, doveva avere tutto con sè; anche la messa in casa e il prete a disposizione.

4

Il prete era, s'intende, ossequioso e compiacente. Veniva preferito d'umore gioviale; e se era un poco baggèo non guastava. Anzi! - Ar-rivava la mattina col cuoco sul barroccino della spesa. Celebrata la messa, trovava pronta la colazione a parte; e mentre sorbiva il cioc-colatte, i signori e le signore lo circondavano festeggiandolo, pro-verbiandolo, interrogandolo delle nuove di città. Se restava a pran-zo, lo incitavano ad alzare un poco il gomito e a dir male dell'arcive-scovo, o almeno del vicario generale. Se pernottava, era sicuro che qualche sorpresa lo aspettava nella sua stanza. Una volta gli faceva-no trovare nel letto un grande fantoccio, che doveva essere la vec-chia governante, segretamente innamorata di lui; un'altra volta era il letto che gli sprofondava sotto con orribile fracasso; un'altra volta... Sempre le stesse burle e sempre le stesse risate.

Quello, a ogni modo, fu il tempo aureo di queste cappelle ville-reccie; e qualche bella giornata avevano - con ricchezza d'apparati, di lumi, di fiori - almeno per la solennità del santo titolare.

Ma poi successe un'epoca infausta alle povere chiesette abbando-nate. Finchè i conti e i marchesi si limitavano a leggere Voltaire, il male non fu irrimediabile, visto che anch'esso il signore di Ferney andava alla messa per un riguardo ai suoi contadini. Ma la invasione delle novità doveva andare molto più a fondo e portare ben altri mu-tamenti! Mutarono le idee, mutarono le usanze e mutarono anche i padroni. Per effetto di chirografi troppo facilmente moltiplicati e messi in giro, alcune cappelle, insieme alle ville e ai poderi, caddero persino in manus infidelium; e non furono sempre le peggio trattate... Quante altre, per gli umili usi a cui si vedevano ridotte, avrebbero avuto ragione d'invidiare le sorti di quelle che i padroni, nuovi o vecchi, avevano allegramente adeguate al suolo, in onta ai sacri ca-noni, per ampliare l'area del prato o del giardino o del parco inglese!

*
* *

Molte altre, come questa, rimasero semplicemente nell'abbandono e nell'incuria. Il tempo fece la parte sua, e sopra di loro si distese len-tamente la fisonomia delle cose morte...

Quanto tempo sarà passato dacchè uno spirito di vita non è entra-to là dentro?... La bruna cicuta verdeggia liberamente ai piedi dei muri laterali e qualche bel ciuffo di erba si vede anche sui gradini e sul margine della porta. La Santa titolare, dipinta a buon fresco en-tro il vano del timpano barocco, poveretta, non ha più nè sembiante nè emblemi riconoscibili; e mostra da ogni parte il color nero della imprimitura.

Mi vince la curiosità; e passato il cancello vado a osservare l'in-terno della chiesetta per una delle due finestrelle basse ai lati della porta... Tra la pace animata, gioconda, luminosa della campagna aperta e la quiete di quel breve ambiente chiuso, il contrasto non è solamente enorme; è quasi pauroso per me. Credo d'avere ben poche volte sentita così potentemente l'antitesi tra gli stati fondamentali della percezione e le forme della vita. - Ho in me come un senso di sdoppiamento subitaneo. - Una parte di me stesso è passata là den-tro ad abitare la chiesina abbandonata, a osservare minutamente tutti gli oggetti, a spiare, a fiutare da per tutto, anche gli angoli più re-conditi e più ombrosi, con un misto di attonitaggine sentimentale, di tenerezza e di pietà... Mi pare di sentirmi vivere in un piccolo pezzo di spazio freddo e in un piccolo pezzo di tempo inerte, non so da quanti secoli e da che forza magica imprigionati là dentro fra quelle quattro mura - immobili, taciturni, tristi - lontano dall'eterno movi-mento mondiale, divelti e sequestrati per sempre dal gran dramma della vita universale, al quale un tempo furono congiunti...

Intanto i miei occhi si sono avvezzati a veder meglio nell'interno. Un pulviscolo d'oro si muove silenzioso dentro un raggio di sole pal-lidissimo, che è passato a stento dall'alto, per una vetrata sulla quale, chi sa da quanto tempo, si vanno addensando il grumo e la polvere e le tele di ragno.... Il raggio di sole arriva a rischiarare un inginocchia-toio, che un tempo deve essere stato tinto in verde, collocato

5

dinanzi a una povera Praeparatio ad Missam, gialla come una vecchia carta-pecora e strappata largamente nel mezzo... Da tempo immemorabile quella Praeparatio non prepara più nulla a nessuno... Sopra l'altare senza candelabri, vaneggia una cornice di gesso, a muro; ma il quadro manca. Era forse un buon dipinto del France-schini o del Calvi o di uno dei due Gandolfi, e fu levato di là, e ora si trova in qualche vecchia galleria. Ma quella grande cornice vuota accresce la squallidezza a tutto quello squallore; e pare che sconsacri l'ambiente.

*
* *

Una cosa è certa. Anche da questo chiuso, da questo silenzio e da questo abbandono, esce un sottile aroma di poesia. Mi tornano in mente - chi sa per quali meandri mnemonici - delle strofe caramente melanconiche di Jacopo Vittorelli e di Ippolito Pindemonte; tornano perfino certe lontanissime letture dei romanzi del visconte D'Arlin-court, ove le chiesette campestri, vicino ai castelli turriti o in mezzo ai boschi, nelle pronube albe serene o nelle notti cupe di tempeste e di delitti, hanno spesso tanto da fare.

Attorno alle pareti interne della cappella, giù verso il pavimento, riesco a leggere in modo abbastanza distinto alcune lapidi sepolcrali. Incontro per tre volte un nome, Giovanna; e mi sovviene che lo porta pure l'attempata signora, che abita adesso nella villa paterna, dalle mura screpolate e nerastre. - Una rovina anch'essa, come tutto il ri-manente, quantunque opponga al tempo delle resistenze disperate.

Ed ecco, io penso, tutto quello che qui rimane in piedi di tante tradizioni domestiche! Un nome comunissimo di donna, tenuto vivo nella famiglia per mera consuetudine e che presto finirà... E dire che probabilmente alcune di quelle ormai lontane antenate, quando pen-savano al sepolcreto domestico, avranno anche immaginato con te-nerezza confidente una lunga catena di ricordi pii proseguita dalle future generazioni... Avranno pensato alla loro cappella gentilizia pa-rata a bruno in certi memori giorni e a delle grandi corone di fiori freschi posate dinanzi alle lapidi mortuali.... O nostre ingenue fedi nella pietà dei ricordi domestici! La Vita guarda davanti a sè con sollecitudine affannosa, e presto si scorda di voltarsi indietro....

In buon punto, una voce femminile viene a rompere quel mio tri-ste soliloquio; e mi volgo verso la strada... Alta sopra la verde linea della siepe, vedo una testa di donna con una gran chioma di un colo-re inverosimile, che si avanza, si avanza rapidamente, come se volas-se; e arrivata al secondo pilastro, svolta improvvisamente.... Santi numi! È lei, la mia quarta Giovanna, che torna da una passeggiata in bicicletta, seguìta dal suo giovane fattore. Alla sua età e con tutto questo Sole, che i poeti invocarono lampa rivelatrice!

Col busto eretto sui fianchi doviziosi, il volto acceso, una parte dei capelli al vento e le due mani ferme al lucido manubrio, passa come un lampo la indomita signora, evidentemente non badando nè a me nè alla chiesetta ove posero le sue antenate. È veramente splendida; è addirittura sorprendente, per chi sappia il suo atto di nascita!... Un mio giovane amico, poeta e miope, ora vedrebbe in lei il simbolo della Vita, che passa trionfando....

Io mi levo il cappello.

6

GABRIELE D'ANNUNZIO

I.

A proposito del «Plagio»

Ma che cosa è veramente un plagio?

Innanzi tutto bisognerebbe stabilire il senso di questa formidabile parola; mentre dai discorsi che ora si fanno, appare almeno dubbio che esso sia chiaro nella mente di molti.

Quando, per esempio, a proposito di plagio, vediamo mettere in relazione la Divina Commedia e Il pozzo di San Patrizio, il Décame-ron e i Fablieux mediovali, l'Orlando furioso e la Canzone di gesta, Papà Goriot e non so quale novella della Regina di Navarra, è forza convincersi che la confusione dei concetti è soltanto paragonabile alla leggerezza frettolosa e superba, con la quale alcuni discorrono intorno alla materia prima della disputa. Tutta la storia artistica e let-teraria è un gran seguito, quasi un tessuto interminabile, di figliazio-ni, d'imitazioni e di rifacimenti. L'obbligo è sempre uno solo: fare del meglio.

Ma il plagio è altra cosa. Esso può trovarsi chiaro e completo in una linea, in un verso, in una sola frase; come può non trovarsi affat-to in un bel cumulo di ricordi, d'analogie e di rassomiglianze. Il pun-to da decidere è se l'artista abbia messo nell'opera quel tanto che ba-sta perchè egli senta il diritto di chiamarla sua.

Non abbisognano che due occhi sani per scuoprire che nel San Giovanni Evangelista del Donatello è come la prima idea lineare del Mosè di Michelangelo. Diremo che questi fu un plagiario? Chi di-pinse la Maddalena Doni aveva certo vista e studiata e ricordata all'uopo la Lisa del Giocondo di Leonardo. Diremo che fu un plagia-rio Raffaello? Non deduco esempi dalla letteratura perchè infinitus est numerus e il campo è più noto.

Ma ammettiamo pure che il plagio esista e ci stia dinanzi spiccato, preciso, chiaro e lampante come il sole. Anche in questo caso i di-scorsi generici non valgono un gran che. Bisogna serrare più da pres-so l'argomento. I plagi constatati quale novità arrecano nel «giudizio di estimazione» che avevamo intorno all'artista prima che fosse fatta quella scoperta? Rimane distrutta la sua fama? O soltanto diminui-ta? O è anche possibile che, malgrado i furti perpetrati, essa rimanga sostanzialmente intatta? Ecco quello che importa alla critica onesta e seria il decidere; e questo non può farsi argomentando teoricamente e andando per le generali; ma è necessario esaminare caso per caso.

Torniamo agli esempi se non vi dispiace. Poco tempo fa venne dimostrato in modo evidente che la vita di Castruccio Castracane del Machiavelli non è quasi altro che una ricucitura di passi tolti dall'antico e specialmente da Senofonte. Ne rimase forse, non dirò distrutta, ma solamente scalfita la grande fama letteraria del Segre-tario fiorentino, così validamente eretta sulla Mandragora, sulle Le-gazioni, sui Discorsi e sulle Storie?... Un giorno il signor di Voltaire compose un bel madrigale di dieci versi, pigliati tutti quanti di peso tra i quattordici di un sonetto del Maynard. Il furto venne denunzia-to. Apriti cielo! Ma, disgraziatamente per gli avversari del Voltaire, rimanevano i quaranta volumi delle sue opere a far testimonianza della sua legittima gloria di poeta e prosatore originale; e il patriarca di Ferney potè sorridere tranquillamente a tutto quel brusìo di gente scandalizzata. Vogliamo soggiungere che il fatto andasse immune da qualunque biasimo? Questa sarebbe un'altra esagerazione. Meglio sempre osservare, potendo il terzo precetto: non rubare! Ma nell'ap-plicazione di questo come di tutti gli altri precetti, bisogna guardare se vi sia «parvità di materia» come dicevano i moralisti; e allora chi fa la voce grossa e grida allo scandalo merita le risa degli onesti. Se la pigrizia o la fretta o, mettiamo anche, un po' di cleptomanìa lette-raria ha indotto in tentazione ed equiparato, per un momento, ai la-druncoli un artista meritamente insigne per altre opere sue, a noi spetta l'obbligo di continuare a riconoscere in esso il titolo legittimo della fama che gode. Quanto le sue peccadiglie lasciamo che egli se la intenda con la sua coscienza o al tribunale di Apollo. Deorum iniuriis, Diis curae.

Giova ancora ricordare che nella storia delle arti e delle letteratu-re qua e là vengono innanzi certi gruppi di fatti veramente assai sin-golari e assai significativi per la nostra questione. Parlo di quelle epoche in cui si risveglia una attività tumultuaria e febbrile, per la quale pare che il lavoro dell'ingegno umano tenda fatalmente ad as-sumere un carattere rapsodico, collettivo e quasi impersonale. Come si formarono, per esempio, gli antichissimi poemi? Ma anche in epo-che assai vicine il fenomeno si mostra numeroso nelle forme e biz-zarramente complesso. Ricordo il tempo della formazione del teatro nazionale in Inghilterra; quello della «Commedia dell'arte» in Italia; ricordo anche quello della elaborazione del dramma in musica spe-cialmente sulla seconda metà del secolo passato. Sappiamo come ri-spondessero lo Shakespeare e il Molière a coloro che li accusavano dei molti manipoli liberamente mietuti nei poderi dei vicini.

Meno note sono le disinvolte appropriazioni esercitate dai musici, e meno facili a verificarsi per l'agile impunità con cui può tramutarsi, occultandosi, la materia musicale. Ma in tutto quel sorgere e fluttua-re di opere serie e giocose, urgendo di continuo la fretta degli impre-sari e i capricci dei cantanti, chi potrà mai dire il numero dei ruba-menti a man salva avvenuti di qua e di là dalle Alpi! Cristoforo Glük, per esempio, a Londra salvava dal naufragio un melodramma suo assai pericolante, mettendovi dentro un pezzo del Bertoni che mutò il disastro in trionfo. Gridiamo pure al ladro fin che volete. Ma siamo sempre lì; quello stesso Glük che adoperò come cosa sua il pezzo del maestro italiano, è poi anche l'autore dell'Alceste, dell'Or-feo, dell'Armida, della Ifigenia in Tauride. Ha commesso un plagio! Ma che proporzione assume quel piccolo incidente messo in con-fronto a tutta la produzione originale del grande maestro riformato-re?

E adesso, se non vi dispiace, voltiamo la medaglia.

È fuori di questione che la idea prima e generica informatrice di un'opera d'arte e anche certe larghe analogie e rassomiglianze non costituiscono vero caso di plagio, quando l'artista sappia imprimere nell'opera il forte suggello della sua virtù personale. Nello stabilire questo, ho anche detto più sopra che, per converso, il plagio vero, flagrante e grave può trovarsi in una parte assai tenue del componi-mento; una linea, un verso, una frase. Credo d'aver tanto poco esa-gerato che non temo di aggiungere: anche in una parola, in un mono-sillabo. Rammentate la Medea di Corneille? Dopo averle fatto il quadro della sua condizione disperata, la confidente domanda: Dans un sí grand revers que vous reste-t-il? - E la fiera donna ri-sponde: Moi! - Ebbene guardate: molti poeti antichi e moderni, trat-tando questo medesimo soggetto per il teatro, hanno potuto libera-mente accostarsi e anche incontrarsi e ripetersi l'un l'altro in parec-chie situazioni della tragedia, senza che sia passato in mente ad al-cun critico serio d'incolparli d'immitazione plagiaria. Ma se un poeta dopo Corneille osasse far suo quel monosillabo adoperandolo, ben inteso, in un momento analogo del dramma e del personaggio, tutti i critici, ad una voce, griderebbero che il plagio è innegabile ed è enorme. Tanto enorme, che il pubblico e la stampa non perdonarono al Legouvé d'averlo (quantunque non senza una variante molto in-gegnosa) ricordato nel finale della sua Medea, scritta per la nostra Ristori. Notate inoltre che la critica dimostratasi severa al Legouvé, non lo è punto, ed ha ragione di non esserlo, con il Corneille, il quale certamente, alla sua volta, si era ricordato del: Medea superest, di Seneca il tragico. Tanto è difficile il generalizzare a proposito in que-sto argomento!...

E poichè siamo con Medea, caviamo da lei un altro ricordo. Apol-lonio da Rodi, cantando l'epopea degli Argonauti, descrisse larga-mente le peripezie del terribile amore onde restò vulnerato il petto della figliuola del re della Colchide, appena visto Giasone. - Nell'al-ta notte, dice il poeta greco, mentre tutto il mondo riposa; e gli ani-mali e gli uomini trovano requie; e perfino le madri dimenticano i lo-ro bambini morti, la vergine regale s'agita nel suo letto, ripensando le belle sembianze del giovane straniero, che gli Dei fecero approdare al suo lido. - Virgilio si è certamente ricordato di tutto questo. Nel commovente dramma cartaginese, che occupa il secondo libro del suo poema, le riminiscenze spesseggiano; e i critici le hanno notate e numerate. Imitazione plagiaria? Nessuno ha mai, ch'io sappia, osato affermarlo, perchè il poeta latino, così nell'invenzione come nella forma, seppe mettere del proprio più di quanto abbisognava per assi-curarsi dall'accusa di plagio. Però notate: Virgilio non ha trasferito nel secondo dell'Eneide le parole del passo d'Apollonio che ho sot-tolineate più sopra. Chi sa quante volte quella toccante immagine delle madri addormentate sarà passata nella sua memoria! E quante volte avrà sentita insorgere l'occasione tentatrice! Ma no; quella im-magine culminante, luminosa, indimenticabile, appunto perchè tale, Virgilio ha voluto rispettarla. Facendo diversamente, nella delicata sua coscienza di artista, egli avrebbe sentito di offendere un Dio Termine invisibile, non segnalato da alcun codice letterario, ma non meno sacro; e si sarebbe accusato di plagio anche prima, anche senza che gli altri lo accusassero.

Con questi esempii voglio dire che il mio e il tuo in arte non si va-lutano a fogli di stampa nè a metri quadrati. Allorchè leggiamo o vediamo o ascoltiamo qualche opera di squisita bellezza, se la com-mozione ci consentisse di analizzare, noi capiremmo che la bella ori-ginalità da cui siamo conquistati, la sua quintessenza e, per così dire, il suo nucleo luminoso, molte volte consistono in ben poco, mate-rialmente parlando: qualche tocco magistrale, qualche movenza, qualche modulazione, qualche immagine, qualche frase; ma tali che tutto il componimento ne rimanga irradiato e nobilitato, come di una gemma che l'orafo artista sappia collocare in quel dato punto di un monile o di un diadema.

Tirate le somme adunque, i plagi veri, i plagi che indubitatamente offendono la proprietà artistica, non bisogna di preferenza cercarli in certe invenzioni le cui origini prime spesso si perdono nel buio dell'antichità; e nemmeno in certi meccanismi esteriori. Questi for-mano piuttosto la materia prima d'un'opera d'arte, specie di res nul-lius in permanenza, che attende sempre dei nuovi conquistatori. La categoria dei veri plagi è invece più alta, più spirituale, assai meno visibile a primo tratto; e l'occhio del pubblico molte volte non ci ar-riva. Ma tocca sempre la coscienza dell'artista.

Venendo finalmente al caso particolare del nostro Gabriele, che, nel momento presente, fa parlare di sè più per quello che ha preso dagli altri che per quello che è veramente suo, io vorrei che le cose dette fin qui mi conducessero ad una conclusione equanime e impar-ziale. - È stato plagiario il D'Annunzio? Certamente lo è stato, anzi-tutto nelle liriche. Poco fa ho aperto un suo volume e subito vi ho trovato una breve lirica che finisce:

O cuor senza pace,
O occhi miei lassi.
Moriamo.

Non altrimente finisce una sua lirica Niccolò Tommaseo; e certo non è il solo furto fatto dal giovane abbruzzese al vecchio dalmata. Ma prescindendo anche da queste esportazioni letterali, per verità fa d'uopo riconoscere che molte liriche del D'Annunzio o non esiste-rebbero affatto o sarebbero assai diverse da quel che sono, se da poeti e da prosatori (il Flaubert e il Maeterlink, per esempio) egli non avesse pigliato di peso il soggetto, le movenze, certi pensieri e certe immagini, che determinano il carattere e decidono del valore di esse. Ricordiamo solo una delle più seducenti, L'Asiatico. Oltre la carez-zevole modulazione dei versi, quanto rimarrebbe di questa lirica se ogni cosa tornasse ai suoi padroni?

Plagiario il D'Annunzio è stato certamente anche nei romanzi, ma in grado assai minore; poichè se da Dostojewski, da Tolstoi, da Maupassant e da altri egli ha talvolta derivato un primo schema del racconto e anche l'idea prima di certi personaggi e anche certe gene-ralità estetiche e morali molto caratteristiche, i libri però, nella so-stanza, sono opera sua, ben informati dal suo spirito, ben plasmati e fortemente suggellati nel suo stile.

Rimangono i pezzi e le pagine tolte al Paladan e ad altri. Piccole mariuolerie letterarie; roba da giudice correzionale, se il sogno del Boccalini potesse mai qui in terra divenire una realtà. Tutto ciò sia bene inteso e ammesso una volta per sempre; ma poi non scordiamo-ci (o non facciamo finta di scordarci) che nelle traduzioni francesi molti dei passi incriminati vennero prudentemente soppressi; e i ro-manzi d'annunziani nonostante piacquero e furono letti meglio che in Italia.
Che vuol dire questo? Vuol dire che abbiamo a che fare con un millionario, che ha molti debiti. Quando li avrà pagati rimarrà egualmente un bel signore!

Diamo dunque a Gabriele D'Annunzio tutto quello che gli spetta. L'inventario minuto e numeroso de' suoi plagi da una parte e il bia-simo che ne segue; ma dall'altra parte il suo valore di poeta e d'arti-sta singolarmente dotato dalla natura e fortificato e affinato da una educazione costante e poderosa.
E a proposito di questa educazione, stimo non inutile richiamare alla memoria un fatto che adesso parmi poco ricordato. Ora il D'An-nunzio fa l'uomo universale e l'artista cosmopolita. Padronissimo an-che in questo, poich'egli riesce a farlo molto bene e con suo grande profitto. Ma come ora si diverte a bussare alla cella del manicomio di Federico Nietsche, un tempo, cioè negli anni della valida forma-zione della sua coltura e del suo gusto, egli durò lungamente a tem-prare la buona lama dell'ingegno nella fresca corrente della tradizio-ne indigena. Nessun giovane in Italia risentì più fortemente di lui, nel midollo e nel sangue, gli influssi di bellezza antica e nuova che, specialmente per merito di Giosuè Carducci, rifiorivano nella nostra letteratura intorno al 1880. All'incudine delle fucine carducciane la prosa e il verso di D'Annunzio si formarono, assumendo quei carat-teri di serena italianità, di chiarezza pittorica, di schietta e larga eu-ritmia che non hanno mai più abbandonati. E questo io certo non ri-cordo per menomare al D'Annunzio il vanto degli invidiabili pregi; ma perchè egli per primo tenga sempre nel debito conto quel fondo di genialità italica, che forse egli avrebbe inutilmente redata nel san-gue se non l'avesse educata la buona scuola, onde uscì poi ai lunghi e liberi voli.
Essa intanto, tra il sorgere e l'intrecciarsi di altre qualità piuttosto discutibili, rimane sempre la migliore delle attrattive de' suoi libri; e sarà, io credo, anche la più durevole. Gli imparaticci del Superuomo, ed altre sue malinconie esotiche, passeranno presto; e passeranno an-che più presto, se Dio vuole, i discorsi noiosi, che i cenacoli deca-denti moltiplicano ogni giorno sul conto suo!

1895.

II.

A proposito del «Piacere»

Quel giorno che Euripide per meglio rappresentare col verso l'immagine di Polissena moriente, la paragonò ad una bella statua di marmo, pensò un momento che egli, forse primo tra i poeti greci, obbedendo a una occulta legge dello spirito, apriva all'arte un oriz-zonte nuovo?
A questo pensavo io qualche giorno fa, levando il capo dalle pa-gine del romanzo di Gabriele d'Annunzio.
Certo è che, dopo avere lungamente con l'arte espressa la vita e raffigurata la natura, gli uomini civili, a poco a poco e senza da pri-ma avvedersene, aderirono a un nuovo bisogno; quello di investire il processo e sentire la vita e rappresentare la natura attraverso il sen-timento e la visione dell'arte. I poeti primitivi, come Esiodo e Ome-ro, n'ebbero un lontano e vago presentimento, indugiando con amo-rosa cura nella descrizione dei lavori dedalei e nelle rappresentazioni eroiche sugli scudi effigiati entro la fucina di Vulcano. Poi dal con-tatto simpatico delle due arti s'arrivò col tempo a mettere

innanzi decisamente un'opera d'arte perchè essa donasse idea più viva di un fatto naturale. Ricordatevi, fra tanti altri, Dante:

Come, per sostener solaio o tetto,
Per mensola talvolta una figura
Si vede giunger le ginocchia al petto.

Un procedimento simile e molto maggiore nei suoi effetti, segui-va nell'ordine della vita reale. Dopo essere uscita fuori dalle viscere della vita, l'opera d'arte, alla sua volta, si venne ponendo come spec-chio e come esemplare della vita medesima. E presso i popoli molto inoltrati nella civiltà vediamo questo fenomeno: che tutti gli ordini dei cittadini, e specie le classi colte e raffinate, si sentono tratte a modificarsi psichicamente e ad atteggiarsi nei sentimenti e nei co-stumi secondo il modo e il gusto della loro coltura letteraria e artisti-ca.

Se il genere umano nel contemplare la propria storia avesse più occhi che non ha, che profonde e curiose scoperte farebbe! Chi può dire come la popolazione ateniese uscisse modificata dalle trilogie di Eschilo e dalle commedie di Aristofane? E dai poeti e dai pittori e dagli scultori e dai retori, chi può dire quanto pigliassero dei loro sentimenti e dei loro gusti squisiti e per fino dei loro atteggiamenti corporei Pericle, Aspasia, Alcibiade e tutta quella aurea e fiorente società ateniese che, contemplata nel suo insieme, pare essa stessa una grande opera d'arte in azione?

Questo fatto è nella storia così costante e di così grande significa-to che bisogna mettersi in guardia per non rimanerne come assorbiti. Ad esempio Nerone per alcuni (e tra questi c'è Ernesto Renan) sa-rebbe stato anzi tutto il prodotto di una mostruosa depravazione let-teraria. Il crudele e quasi cotidiano spettacolo del circo, e anche più la sua contagiosa domestichezza di dilettante esaltato coi dilettuosi personaggi dalle tragedie greche, avrebbero nella sua anima di retore fatta scoppiare, come un tumore, la sua pazza ferocia di mimo coro-nato e di citaredo onnipossente. E la plebe e il patriziato, suoi com-plici insieme e sue vittime, erano presi dalla stessa mania: e tutta la vita sociale del decadente Imperio latino, per la smania sempre più acuta e sempre più esagerata delle sensazioni artistiche, fu tutta in-vasa da quel morbo che Seneca intuì e dipinse con una frase celebre: nos litterarum intemperantia laboramus.

*
* *

E mentre nella decadenza romana, per la distanza della storia, il fenomeno non si capisce che in parte, esso acquista una singolare evidenza quando i tempi più si avvicinano. Sia pure esagerata quan-to si vuole l'idea recente di alcuni storici tedeschi, i quali fin negli avvolgimenti della politica e nella concezione del governo e dello stato italiano del Cinquecento vogliono vedere una specie di preoc-cupazione artistica; ma chi negherà che i papi paganeggianti e i pre-lati che non vogliono leggere il grosso latino del breviario e «l'uomo cortegiano» come lo domanda e come lo descrive il Castiglione, non ci diano l'immagine di una società che tende a modellarsi sopra un ideale artistico per i continui allettamenti di tutta una cultura raffina-ta, che s'è messa tra l'uomo e la natura?

E nella stessa percezione della natura visibile chi può dire quali aumenti e mutamenti indussero i poeti, gli scultori, i pittori? Si disse del Poussin che «scuoprì la Campagna Romana.» E Leonardo, Do-natello, Raffaello, Rembrand per quanto concorsero a farci scuoprire e sentire con più varia vaghezza e intensità le forme del corpo uma-no?

Ma nell'epoca nostra, quest'invasione sempre ascendente dell'arte sulla vita, parmi che abbia raggiunto il suo più alto segno. Il roman-zo, per esempio, che all'apparenza non è altro che una distrazione letteraria degli spiriti, si è convertito in un vero coefficiente della vi-ta, in una specie di mediatore plastico, che l'ha atteggiata e riforma-ta, filtrandovi dentro le sue influenze molteplici.

Oh, ripeto, se si potesse ritessere una vera storia interiore e tutta psicologica della nostra civiltà! Nelle idee e nelle passioni delle no-stre bisnonne, chi sa dire quanta parte abbiano avuto i drammi di Metastasio e la ingenuità di Pamela e la sentimentalità di Clarissa e di Giulia? E Lovelace e Saint-Preux e Werter chi sa dire quante spin-te determinanti abbiano dato alla vita occulta e palese dei nostri bi-snonni? Poi nacquero le molteplici cupidità di rifare la storia, non come narrazione oggettiva, ma quasi rifacimento egoistico delle mol-teplici forme della vita nelle varie epoche dell'umanità; poi s'aggiun-se il dilettantismo artistico più invadente e acuto, più deliberato e volontario che in altri tempi non fosse, col programma espresso di assimilare e accumulare, quanto più fosse possibile, le eccitazioni dei nervi, le dilettazioni del pensiero e gli esaltamenti della fantasia. L'uomo moderno pare sempre più invaso dal bisogno di convertirsi in un sensorio universale e puntuale; per modo che tutta la vita del tempo e dello spazio si ripercuota nella sua individualità caduca e si epiloghi nell'attimo suo fuggente. Grande potenza o grande miseria nostra!

*
* *

Tutto questo ha costituito un nuovo ordine di fatti umani degni di studio e capaci di rappresentazione. I nuovi uomini, i nuovi tipi, nati dall'arte, dovevano alla loro volta rientrare nell'arte: e questa fu la novissima opera letteraria, specialmente per mezzo del romanzo. Già in alcuni personaggi balzachiani (il visconte di Rastignac, per esempio) senti e vedi degli atteggiamenti e dei propositi mutuati ai personaggi dei poemi di Byron. Un personaggio di Teofilo Gautier nella Mademoiselle de Maupin dice che si sente «un uomo dei tempi omerici» e tutto il suo essere vuole esemplato sul concetto sereno della vita che scaturiva dall'ideale greco. Tutta la Bohème di Murger, non è che un volontario rifacimento della vita sovra un archetipo d'arte libera e vagabonda. I pittori del Goncourt nella Manette Sa-lomon e quelli di Zola nell'Oeuvre, con tutta la fierezza della loro vi-ta spregiudicata e indipendente, sentono sempre, più o meno, lo stu-diato e la posa. Un preconcetto estetico, anche nella vita, governa le loro abitudini, inspira i loro discorsi e regola perfino il taglio dei loro abiti e il loro modo di gestire.

E il romanzo contemporaneo sente sempre più forte il bisogno di stringere più da presso questi tipi umani modificati dalle azioni ri-flesse del pensiero e del sentimento. A pochi giorni d'intervallo Pao-lo Bourget pubblicava in Francia il suo ultimo romanzo Le Disciple; e in Italia il D'Annunzio pubblicava Il Piacere.

Roberto Greslou, il protagonista del romanzo francese, a forza di profondarsi nella riflessione scientifica arriva come a rifabbricare il proprio io secondo le teorie dell'adattamento e del determinismo materialista; finchè un bel giorno urta furiosamente nella legge mora-le e rimane disorientato, maledetto, punito.

Andrea Ugenta, il protagonista del romanzo italiano, è un tipo completo di egoista coraggiosamente distillato dalla dilettazione ar-tistica, intese come il vertice trionfante della vita umana. Andrea Ugenta non è altro, in fondo, che il dilettante perfetto, che altra sol-lecitudine non ha all'infuori del proprio piacere, giustificato e anzi nobilitato dalle peregrine squisitezze della propria cultura. La cal-dezza del sangue latino e il grande ambiente di Roma aristocratica, in cui vive e opera, danno a questo tipo un carattere quasi neroniano. Per la sua conformazione fisica e per il temperamento egli tiene al tempo stesso del Don Giovanni e del Cherubino. E lo sente e lo dice aperto; e tutti i suoi atti di conquistatore di donne e di gran signore gaudente, sono diretti a fondere i due tipi, emulandoli nelle imprese e portando in ognuna di esse una sincerità istantanea e fittizia, la quale non è, nove volte su dieci, che scatto di nervi, ma che basta per imprimere alle sue parole un accento irresistibile.

Tipo vero, a ogni modo, nel fondo e nella forma. Tra due avven-ture d'amore, vestendosi per il pranzo, Andrea Ugenta dipinge se stesso: «Ieri una grande scena di passioni, quasi con lacrime; oggi una piccola scena di sensualità. E a me pareva ieri di essere sincero nel sentimento, come io ero dianzi sincero nelle sensazioni. Inoltre, oggi stesso, un'ora prima del bacio d'Elena, io avevo avuto un alto momento lirico con Donna Maria. Di tutto questo non riman traccia. Domani, certo, ricomincerò. Io sono camaleontico, chimerico, incoe-rente, inconsistente. Qualunque mio sforzo verso l'unità riuscirà sempre vano. Bisogna ormai ch'io mi rassegni. La mia legge è in una parola: nunc. Sia fatta la volontà della legge".

Triste, non è vero? E come è naturale e come è giusto che in fon-do a tutta quella elegante contaminazione della vita Andrea Ugenta finisca per non trovare che vanità, amarezza e afflizione di spirito!

Aggiungete che questo greculo, a forza di tuffarsi e crogiuolarsi nelle iperistesie del suo dilettantismo artistico, riesce alla negazione fondamentale dell'arte, la quale non può avere altra base che la idea genuina e il sentimento schietto della natura. A che lo conduce infat-ti questo sentimento? Quasi a nulla. Egli non fa che guardare, palpa-re, analizzare, classificare, discutere; ma la natura gli sfugge sempre! Gli sfugge perchè fra lei e il suo occhio sempre si pone una remini-scenza artistica, che gli smezza la sensazione, gliela fiacca e con la scusa di afforzarla e affinarla gliela imbastardisce. Per ammirare una bella campagna ha bisogno di pensare a un paesaggio di Claudio di Lorena o di Ruisdäel o di Corot; nel gustare una bellezza femminile ha sempre in mente i tondi del Botticelli, i ritratti di Leonardo, di Tiziano, di Lawrence. Lo stesso suo ideale generico dell'arte è incoe-rente o contraddittorio; perchè, mentre adora le bellezze dei Primiti-vi, egli poi, delle diverse Rome della storia, predilige la Roma del barocco farraginoso e del nepotismo papale decadente. In sostanza, Andrea Ugenta, con tutta la sua apparente superiorità, non è che un elegante bric-a-brachista, uno di quelli che ogni otto giorni si am-morbano il gusto nel sincretismo artistico delle vendite romane; uno di quelli che pigliano alle sagrestie le pianete e le dalmatiche, i turi-boli e le pile dell'acqua santa per attagottare i salotti e ingombrare le stanze da letto con dei goffi anacronismi e delle assimilazioni stri-denti.

Anche tutto questo dal D'Annunzio è colto e significato magi-stralmente dal vero.

*

* *

Io non intesi nè d'analizzare nè di giudicare a fondo il Piacere di Gabriele D'Annunzio. Solo ho voluto presentare il romanzo come segnante l'ultimissimo termine di una evoluzione letteraria.

È certo che questo libro comprende e ostenta un fascio luminoso di forze, che la giovinezza dell'autore rende più ammirevoli. Certo è ancora che tutta questa materia inventiva e descrittiva, trattata più oggettivamente da un ingegno sereno, severo, e misurato nella sua potenza, avrebbe dato senz'altro un capolavoro. Ma il guaio sta in questo che qui il lavoro, invece di «vincere la materia» è come tirato dentro da lei ed improntato dalle sue qualità buone e cattive, belle e brutte, causa probabilmente una specie di ipostàsi artistica la quale confonde e assimila smoderatamente i gusti del romanziere con quelli del suo protagonista. Inevitabile quindi «il doloroso e capzio-so artifizio dello stile» confessato dal D'Annunzio nella prefazione; e in noi lettori una continua alternativa di piacere grande e di strac-chezza greve, di ammirazione sincera e di critica dissolvente. Così la sentenza di Seneca riprende un senso strano di attualità. E anche prima che il libro sia finito di leggere, il desiderio della schietta natu-ra e il bisogno d'un'arte più semplice rifioriscono in noi.

13

ERNESTO RENAN IN ITALIA

Sono passati più che venti anni da quando io giravo per le porti-cate vie di Bologna con Ernesto Renan; e troppo spesso dimenticavo la mia parte modesta di cicerone per eccitare a discorrere di tante cose quell'uomo ammirabile; e pure io l'ho ancora dinanzi agli occhi quella sua figura di pretoccolo mal vestito da laico. Je suis un curé raté (ha egli scritto) et le costume civile ne me va pas du tout. E lo vedo e l'odo ancora là nella biblioteca del Comune, mentre, curvato sovra un codice del Petrarca, egli mi leggeva e commentava con la sua bella voce il sonetto: Voi che ascoltate in rime sparse il suono...; oppure quando per invito mio montava non senza fatica, piccolo e grasso com'era, lo zoccolo di una antica colonnetta marmorea in Santo Stefano ov'è segnata «la statura di nostro Signore»; ed io dal basso con un tono solenne gli gridavo: - Signor Renan, Gesù Cristo era molto più alto di voi! - Parmi di vederlo ancora sorridere bona-riamente a quella mia uscita, accennando di sì col grosso capo.

Che giornate indimenticabili furono quelle per me! Ricordo che allora un grande sconforto nazionale stava sul mio spirito, come una nera nube. Nelle lezioni della storia e in tutto quello che accadeva intorno a noi, parevami di scorgere i segni di una fatalità assai triste, incombente sull'Italia.

A che pro' tanti sforzi per risorgere? La nostra unità nazionale si era compita più per la disgrazia toccata ad altri che per valore e per gloria nostra. Credevamo d'aver rivendicata Roma e avevamo trova-to Bisanzio... Inutile illuderci, agitarci, volere. Eravamo un popolo vecchio e stanco, dannato a scontare con una decadenza incurabile il lusso e le colpe di due grandi civiltà.

Sopra tutto quel mio pessimismo passò, come un soffio di salute, la parola di Ernesto Renan. Questo straniero era pieno di fede nel nostro avvenire; questo francese era, più che un ammiratore, un cre-dente entusiasta della terza vita d'Italia. Disperare di essa, per ogni spirito moderno era cecità, per ogni italiano una colpa vile. Le sue parole poi pigliavano materia dalla bellezza, dalla natura, dalla sto-ria, dai monumenti, dai costumi del nostro popolo, dalle piccole sce-ne della vita, dalle usanze domestiche, da tutto; e si alzavano ogni tanto a un calore di eloquenza che mi penetrava e mi trasformava.

Eppure, debbo confessarlo, quando, rimasto solo la sera, io anda-vo ricordando i discorsi dell'ospite illustre e caro, dal fondo del mio animo riconfortato qualche volta si levava un dubbio. Dovevo io proprio credere sulla parola a quanto mi diceva Ernesto Renan? In tutta quella sua fede, in tutto quel suo entusiasmo per l'Italia e per il suo avvenire, quanta parte doveva attribuirsi alla eccitazione esteti-ca, alla compiacenza e alla simpatia? L'uomo, d'altra parte, era noto per una grande inclinazione (di poi confessata da lui stesso come una debolezza, non saputa mai correggere) a discorrere indovinando, secondando e lusingando amabilmente il segreto pensiero del suo interlocutore...... Dunque dovevo stare in guardia!

*

* *

Per questo motivo, in ogni pubblicazione del Renan, io ho messo una particolare attenzione a cercare il suo animo e i suoi giudizi in-torno al nostro paese; e nelle frequenti pagine meditate ho dovuto sempre riconoscere una concordanza perfetta con le parole vive ri-cordate da me.

Ernesto Renan fu davvero per tutta la vita un amico d'Italia, ar-dente e coerente. Le cause di questa amicizia furono molte e com-plesse; ma mi piace di mettere in prima linea la gratitudine. Fu una gratitudine nata e cresciuta nella più delicata intimità del suo spirito. L'Italia ebbe il singolar merito di comporre per tempo un pericoloso dissidio che era nella sua anima tra l'arida inquisizione del vero e il senso operoso della vita.

Essa intervenne, mediatrice serena, con la rivelazione della Bel-lezza.

Nella prefazione al volume L'Avenir de la Science, pubblicato so-lo nel 1890, ma finito di comporre sino dal 1849, egli narra il fatto memorabile e le sue conseguenze.

Era appena uscito da quella grande crise spirituale che l'aveva obbligato a lasciare la Chiesa e a spogliare l'abito da prete. Ne usciva vittorioso ma stanco come un lottatore dall'arena; ne usciva contur-bato come colui che, secondo la frase della Bibbia, aveva osato di combattere le battaglie di Dio. La vita intanto si agitava d'intorno a lui; dico la vita politica così sconvolta allora, massime in Francia, in Germania e in Italia, così fervida di promesse, così tenebrosa di mi-naccie. Il socialismo si accampava per la prima volta nel cuore dell'Europa, non più come un vagheggiamento platonico o come un episodio violento e cieco del popolare disagio, ma come un vero teo-rema di giustizia che chiedeva il suo adempimento. Il giovane pensa-tore sentiva tutta questa vita e il doppio bisogno di mescolarsi ad es-sa e di contenerla nella sua filosofia. Ma, ahimè, quella sua filosofia come era dura e inamabile nella sua forma! E come le sue formule apparivano, per dirla con una frase di Bacone, grandemente impari agli aspetti sottilmente variati e pieghevoli della realtà!

In pochi mesi Renan aveva composto un volume, gravido di dot-trina; ma nè Agostino Thierry, nè il De Sacy, nè altri amici autorevoli ebbero coraggio di consigliarne la pubblicazione, tanto li rendeva dubitosi del successo tutta quella aridità e tutta quella pesantezza.

Nella storia letteraria del nostro secolo dovrà dunque essere ri-cordato questo singolare fenomeno: colui che doveva rivelarsi fra pochi anni il più mirabile artista della prosa moderna, non poteva ar-rischiarsi a liberare un volume «ancorchè d'argomento vitalissimo» causa le deficienze del suo stile!

Ciò ricorda un poco il nostro Giordani, confessante a Gino Cap-poni d'avere per molti anni meditato un libro (Delle lettere e del principe) ma d'aver sempre rinunciato a scriverlo per non so che scrupoli di forma.

Fortunatamente per Renan quello non era un indizio d'importan-za: era soltanto una mala impostatura del suo spirito dalla quale sa-rebbe presto uscito per il beneficio di una seconda evoluzione.

*
* *

Ed è qui che intervenne, per espressa confessione di lui, l'influsso felice del nostro paese. In quel tempo il Le Clerc gli ottenne d'essere mandato in Italia, insieme a Carlo Darember, per consultare le biblio-teche in cerca di documenti utili alla storia letteraria di Francia e per raccogliere dei materiali da servire alla storia dell'Averroismo.

«Ce voyage (lasciamo che lo narri lo stesso Renan) qui dura huit mois, eut sur mon esprit la plus grande influence. Le côtè de l'Art, jusque-là presque fermè pour moi, m'apparut radieux et consolateur. Une fée charmeresse sembla me dire ce que l'Église, en son hymne, dit au bois de la Croix:

«Flecte ramos, arbor alta,
Tensa laxa viscera,
et rigor lentéscat ille
Quem dedit nativitas.

«Un sort de vent tiêde detandit ma rigueur.»

Quali impressioni per la prima volta abbia fatto l'Italia sull'animo giovanile di Renan, così ben disposto da natura ad accogliere i fan-tasmi dell'arte e della bellezza, io potrei argomentarlo dai suoi collo-qui di venti anni fa, mentre egli non era più giovane e l'Italia era or-mai per esso una conoscenza più volte rinnovata, e pur non ostante continuavano a risuonare così vivaci le vibrazioni del suo entusia-smo.

Ma ora abbiamo molto di più. Una lunga corrispondenza tra il Renan e il Berthelot comparsa ora appaga largamente la nostra cu-riosità.

Questo epistolario ci dà la storia di questo viaggio memorabile e ci mette in presenza dell'animo del viaggiatore, via via modificato e quasi colorato da tante commozioni nuove di uomini e di paesi. Il Renan scrive le sue lettere da Roma, da Napoli, da Monte Cassino, da Firenze, da Pisa, da Bologna, da Venezia, da Padova, da Milano, da Torino. Si può dire che la intera penisola passa in succinto per queste lettere, che vanno dagli ultimi mesi del 1849 all'aprile del '50; e vi passano i principali avvenimenti della vita italiana in quel perio-do breve e tempestoso che unì gli ultimi insuccessi del moto rivolu-zionario, e le prime tristissime imprese della restaurazione, a Roma e negli altri Stati.

Vi sono delle descrizioni che difficilmente si potranno mai più dimenticare: quelle, per esempio, del convento di Monte Cassino, con tutti quei monaci infiammati di liberalismo rosminiano e giober-tiano e volgenti il proposito a bruciare il convento piuttosto che ce-derlo alla invasione borbonica; e l'aspetto delle vie di Roma (14 apri-le) al ritorno di Pio IX.

Di Pio IX il Renan ci narra anche una udienza avuta a Portici; e il ritratto, al morale e al fisico, del Papa, avvicinato in quella condizio-ne di cose tanto singolari per lui e per la Chiesa cattolica, è schizzato con una bravura e una finezza e una penetrazione psicologica da far onore a qualunque più esperto ritrattista.

Ma tutta la importanza narrativa e descrittiva dell'epistolario va in seconda linea; e quello che vi campeggia è l'uomo interiore e il dramma che si agita nello spirito dell'osservatore. L'Italia compiè ve-ramente l'alta funzione spirituale, della quale Ernesto Renan confes-sò d'avere ricevuto da lei il benefizio. Egli non prova solo, potente e consolatore l'influsso della bellezza artistica, ma, reagendo con la penetrante agilità del suo spirito, studia e analizza quest'arte italica nella grande verità della sua manifestazione, la penetra a fondo, ne afferra largamente la essenza e la categoria ideale, le condizioni e i caratteri collegati alla etnografia e alla storia.

Le lettere sono seminate di osservazioni che colgono sul vivo, e qua e là attraversate da sprazzi luminosi di intuizioni felici e profon-de, che aprono un orizzonte. A Pisa, per esempio, dinanzi al Campo-santo e al Battistero, scriveva: "L'Italie n'a jamais perdu le sentiment de la vraie proportion du corps humain, dont la notion exerce une in-fluence si immediate sur tous les arts plastiques. L'art gothique n'avait pas cette mesure intérieure, ce compas naturel, que possède si divinement la Grèce. L'Italie ne l'a jamais perdu..." E sostiene che l'Italia non ebbe mai, come le altre nazioni d'Europa, un vero medio evo, specialmente nella estetica e nella cultura. E pensare che invece fra noi corrono sempre dei trattati di storia ne' quali il medio evo è portato innanzi sino alla scoperta dell'America!

Sul rimanente dell'epistolario ci sarebbe molto da dire. Ernesto Renan era molto giovane e poco esperto della vita in genere; nuovo affatto della vita pubblica italiana. Il suo spirito giovanile era ancora troppo pieno della grande battaglia spirituale di recente combattuta. Non debbono quindi far meraviglia certe sue impressioni eccessive e certe conclusioni frettolose e sproporzionate all'ambito delle espe-rienze fatte. I viaggi e gli studi ulteriori metteranno le cose a posto. Intanto il rigido nodo del suo spirito si è «allentato» conforme alla sua preghiera, sotto l'azione blanda del nostro sole; e nel suo modo largo e penetrante di investigare l'anima di questa Italia da lui tanto desiderata, e vista per la prima volta, si presenta già il filosofo che per primo descriverà a fondo il genio delle razze semitiche e lo stori-co futuro delle origini del Cristianesimo.

I GIOVANI

Dai nostri giornali, specialmente letterari e artistici, si levano, è un po' di tempo, delle voci giovanili, che paiono fatte aspre e roche per il malcontento e per la stizza; e mi sono messo anch'io ad ascoltarle, provandone, lo dico subito, un misto di amarezza e di stupore.

A questo dunque siamo. Non bastava l'odio delle classi; c'è chi sta ora evocando, dalle intime propensioni morbose dell'esser nostro, anche l'odio delle età. Che Mefisto li aiuti e li prosperi, buona gente!

Per la prima volta (a quanto io ne so) la giovinezza, da coloro che hanno la fortuna di goderla, viene proclamata come un argomento di merito; per la prima volta essa è accampata come un diritto al rapido pervenire. Tutti quelli che non hanno più vent'anni sono avvisati e se lo abbiano per detto. Una nuova legge biologica è venuta improvvi-samente a governare lo svolgersi e il maturarsi delle facoltà più pre-ziose e più gelose dello spirito umano. Tutte le idee e le costumanze in contrario non sono che un fascio di roba vecchia, come il famoso brodetto di quella Sparta, ove, all'approssimarsi di un anziano, i gio-vani si levavano in piedi. Adesso si intima agli anziani di togliersi dagli scanni già troppo lungamente occupati; e si vuole che facciano presto perchè i nuovi venuti sono impazienti e non hanno tempo da spendere «nell'ansie dell'attesa.»

Queste cose si ripetono oggi con molta ricchezza di epiteti e con molta fierezza di epifonemi; ma hanno anche un'aria tanto poco gio-vanile, che io stento a credere che certi articoli - per quanto bamboc-ciosi nella fattura - siano veramente opera di giovani. E se sono, giu-ro che fanno un gran torto alla età degli spiriti valenti e delle forze generose.

*

* *

Come tutto ciò è sbagliato e goffo nel fondo e nella forma! Come tutto ciò è anche praticamente disforme dal fine che si vorrebbe conseguire!

Un giorno, mentre il generale Boulanger era più in auge e parlava alla Camera francese, un deputato lo interruppe di botto, gridando-gli: - Signore, alla vostra età Bonaparte aveva già vinte tutte le sue battaglie! - Nessun dardo colpì forse più in pieno petto l'uomo che pareva predestinato al trionfo.

La giovinezza non è solamente una forza per se stessa. È anche un prestigio augurale che moltiplica tutte le altre forze e dà loro un impeto irresistibile e vittorioso. Quindi se, sottratta ad un uomo la idea della giovinezza, vi fermate a pensarlo vecchio, per quanto egli sia forte e grande e forte e grande sia l'opera sua, ecco che egli rima-ne improvvisamente sminuito, se non nel giudizio, nel sentimento nostro. Qualche cosa di triste è sceso sopra la sua figura, simile a quell'ombra atra e fredda che i poeti antichi vedevano ondeggiare intorno al capo degli eroi votati alla morte. E anche aveva ragione Ugo Foscolo quando cantava dell'amata:

Meste le Grazie mirino
Chi la beltà fugace
Ti membra....

Poichè alla forza e al gaudio delle coscienze giovanili nessuna offesa deve esser fatta; nemmeno con la idea del caduco e del transitorio, nemmeno con la immagine importuna del poi. Noi dobbiamo cir-condare quelle coscienze d'un rispetto riverente e geloso onde niente la conturbi, niente adombri e faccia vacillare ai nostri occhi quella parvenza infinitamente amabile.

Così noi conserviamo le energie più pure e più feconde del con-sorzio umano.

17

Ed è per questo che la giovinezza ha sempre dominato il mondo; la giovinezza confidente e conquistatrice, benefica e diffusiva dell'esser suo, come il fiore del proprio aroma, come l'astro della propria luce. Quand'è che i giovani non sono stati i padroni? Sempre lo sono stati. Anche quando la politica parve guidata dalle mani esperte ma già un poco tremule dei settuagenari, i giovani stavano dietro ad essi; e da essi partì sempre lo impulso potente e l'istinto di orientazione; e i vecchi, anche loro malgrado, li secondarono e inter-pretarono. Qualunque sia la generazione che tiene il governo, siate certi che il movente decisivo voi sempre dovrete cercarlo negli spiriti e negli ideali della generazione che vien su dai venti ai trent'anni...

E chi dice arte e poesia dice giovinezza. Non di rado l'età matura e la vecchiaia ci diedero dei capolavori; ma perchè l'anima giovanile aveva già dati gli elementi di essi, fulgidi e vitali. L'esperienza e la scienza sanno raccogliere, ordinare e comporre, quando non guasta-no. Paragonate la divina Pietà del Buonarroti in San Pietro, col suo marmo esprimente il medesimo soggetto, in Santa Maria del Fiore. Ordinare, comporre, ampliare anche; tutte cose che il tempo insegna; ma la creazione è del giovane.

Un grande poeta varierà mirabilmente per tutta la vita i motivi d'amore e di gloria che a venti anni gli cantavano nel cuore; un grande pittore svolgerà e illustrerà quell'ideale di belle forme che gli sorrisero alla mente giovanile e glie la conquistarono.

*
* *

Di chi avrebbero dunque a temere i giovani? E che mai potrebbe giustificare queste loro querimonie e questi loro sospetti? Dubiterebb-bero mai, per caso, della vittoria?....

Guardino intanto quel che succede anche adesso nel campo delle lettere. L'Europa letteraria, com'era ieri, così è oggi tutta un lieto dominio giovanile. Maurizio Maeterlinck, un giovinetto poco più che trentenne, tiene da dieci anni sotto il fascino delle sue visioni strane e de' suoi ritornelli dal ritmo ipotezzante, non solamente la pensosa anima fiamminga, ma appassiona anche il mondo anglo-sassone; ha degli adoratori in Francia, dei lettori e degli ammiratori per tutto il mondo. Al di là dei Pirenei, trionfa Eugenio De Castro, un poeta giovane, poco più che un ragazzo, dal nitido profilo d'annunziano di dieci anni fa; e la sua lirica è letta con entusiasmo nella penisola ibe-rica e in tutti i possedimenti lusitani e spagnuoli, mentre a lui, nella sua Coimbra, arrivano i più belli e olezzanti fiori della lode da Parigi, da Londra, da Napoli e da Vienna. In Italia abbiamo Gabriele D'Annunzio. Intorno a lui già si raccolsero dall'estero, oltre la più calda ammirazione, i voti e le speranze di tutto un rinascimento lati-no; ma in Italia, prima ancora che uscisse di collegio, aveva già lette-rati illustri e dai capelli grigi, che lui preconizzavano il poeta vitto-rioso della generazione nascente. Tu Marcellus eris! E non si tratta, fra noi, di un caso strano e insolito. È una vera tradizione, che pos-siamo ricordare con orgoglio perchè è molto simpatica e molto ono-revole.

Nel principio del secolo, Ugo Foscolo e Vincenzo Monti annun-ziarono e designarono all'applauso degli italiani Alessandro Manzoni giovanetto. I suoi versi citati in una nota al carme I sepolcri e le pa-role che li accompagnavano, parvero e furono un battesimo di gloria. Più tardi, viveva solitario in una oscura cittadina delle Marche e si struggeva nell'amore della fama il contino Leopardi. E fu un vec-chio, Pietro Giordani, che andò a scoprirlo, che ruppe intorno a lui l'alto muro conventuale della casa patrizia e l'uggia del silenzio. E più tardi, fu ancora un vecchio, Terenzio Mamiani, che s'accese d'en-tusiasmo alle prime canzoni di Giosuè Carducci, gli andò incontro come un padre o come un fratello maggiore, lo tolse alle fatiche dell'insegnamento mediano e lo portò di slancio nel più glorioso ate-neo d'Italia a insegnare e a rivelarsi poeta civile della terza Italia...

Ed io non posso astenermi dal dimandare anche una volta: che cosa vogliono e di che temono questi giovani? Che è mai accaduto che possa legittimare questa loro impazienza, questa loro diffidenza e - diciamolo pure - questa loro irriverenza?

Sono i vecchi divenuti così feroci? Sono divenuti gli uomini ma-turi così ingiusti e invidiosi dell'aria che essi respirano? Fuori le pro-ve!

Vorrebbero forse che l'ingegno umano abdicasse per amor loro a tutti i suoi diritti, e l'esperienza e lo studio e la critica al loro ufficio austero, doveroso, non declinabile? Se anche questo fosse possibile, badino i giovani che il maggior danno sarebbe per essi, poichè niente più che le soverchie indulgenze e il troppo facile plauso nuoce a chi comincia nella via dell'arte. Oppure, tra quelli di loro che più gridano e s'impazientano, - anche questa ipotesi bisogna pur fare! - vi è qual-cuno che si creda un piccolo Manzoni non abbastanza incoraggiato o un piccolo Leopardi un piccolo Carducci non abbastanza presto rive-lati e sospenti sulla strada dei rapidi trionfi?... Io li consiglio a non si fidare troppo di questa ipotesi, dietro la quale potrebbe occultarsi una disastrosa cantonata!

Quando l'amabile Giovinezza si avanza col volto luminoso d'av-venire e con in mano il fiore d'elitropio, il mondo è per lei pieno di sorrisi e d'inviti.... Così ha cantato un grande poeta, non certo incline troppo all'ottimismo. Non turbino essi, i giovani, questa amorosa corrispondenza della Giovinezza e della Vita con un coro di queri-monie scorrette, di pretese eteroclite e di impazienze senili!

Chi, recatosi, l'anno scorso, a visitare l'Esposizione di Venezia, gi-rava gli occhi la prima volta nella Sala R ov'era la copiosa e svariata collezione scozzese, cominciava col sentirsi penetrare da un senti-mento di calma tranquilla, che confinava con la freddezza. E veniva voglia di domandare: Dov'è il sole? Che cosa hanno fatto del sole questi bravi figliuoli della poetica Caledonia? - Una grande placi-dezza di sonno vegetale pare che incomba alla vita di questi paesag-gi e la protegga e la carezzi blandemente. Emerge la sobria fusione dei colori, i verdi si intrecciano o si sovrappongono al giallume dei rami secchi e al grigio delle roccie; i piani degradano o si staccano trapassando d'un in altro. E tutto questo sempre in modo da far pen-sare a una dolce musica d'archi ai quali siano stati messi i sordini..... Ma se l'occhio insiste un poco, quanta finezza di accordi e quanta vaghezza di gamme penetranti! Che vita schietta, vigorosa, sincera-mente vissuta in quelle campagne solitarie, e dentro e dintorno a quelle abitazioni umane!

Viene l'idea che tutti questi pittori non abbiano mai pensato a di-pingere per dipingere; ma sì bene per appagare un sentimento che era dentro di loro e che voleva uscire e distendersi e riposare in un bel luogo prescelto. Non è questo l'impulso psichico dal quale sarebbe da augurarsi che nascessero tutte le opere d'arte?

Uno di questi quadri piglia il titolo da un pensiero di Percy Shel-ley. «Tosto che le ombre della sera prevalgono, la Luna incomincia il suo mirifico racconto.» È un paese di Stevenson Macaulay.

Il disco lunare si mostra fra una nebbia azzurrognola che legger-mente appanna la nitida serenità vespertina. La Luna ha principiato il suo racconto mirifico e gli alberi l'ascoltano; dei grandi alberi che si rizzano sui tronchi sottili piantati in un pendìo erboso; e pare che vogliano spingere in alto, sempre più in alto le chiome diffuse e tre-mule per avvicinarsi più che possono alla meravigliosa raccontatri-ce...

Talvolta anche la figura umana trionfa nei quadri scozzesi; benchè essi prediligano questa poesia delle campagne solinghe, ora diffusa nei vasti orizzonti, ora circoscritta, raccolta e come pensierosa in qualche insenatura di monte coronata da un castello o in qualche piccola valle attraversata dalle acque e animata da un vecchio muli-no. Nei loro quadri di figura - o piuttosto con figure - è sempre la medesima arte, accurata senza leccature, sobria nella tecnica del co-lore, sincera nello spirito, cercatrice per istinto e per volontà della in-tima ed eletta poesia delle forme. La parte più sana e vivificante dell'apostolato di Giovanni Ruskin pare veramente che sia passata nell'opera di questi pittori. I quali non procedono, come i preraffaeli-sti inglesi, da un motivo formale di arte antica, adattandolo alla loro estetica particolare e non di rado anche forzandolo e sofisticandolo; ma attingono dalla viva natura, che essi studiano e sanno esprimere con un senso di poesia mansueto e fedele. Perciò i quadri cantano quasi sempre nell'anima di chi sa guardarli; cantano come un'eco di vecchia ballata, o meglio come una traduzione visiva di quella lirica «laghista» che doveva sopravvivere ai dispregi iracondi di Giorgio Byron e penetrare del suo spirito dolcemente fantasioso tanta parte della lirica europea.

*
* *

Sotto la luna di Francesco Enrico Newerbey è uno dei quadri del-la collezione che seguita più dolcemente a cantare nell'anima di chi lo osservi senza fretta.

Quattro fanciullette, tenendosi per mano, girano a tondo sulla spiaggia con un lieve movimento di danza, che anima e atteggia tut-te e quattro le figurine, agili e liete.

Al di là dell'acqua, d'un azzurro cupo, sulla linea netta dell'oriz-zonte s'è levato più che mezzo il disco lunare e comincia a rompere le ombre del piano non interrotto da alberi. Che cosa dice monna Luna a quelle testoline infantili, che forse non pensano a nulla?... Nella parete opposta della sala è ancora il Newerbey che ci ferma con quattro occhi - i due di una bimba e i due di un gattino. - È un dipinto tutto condotto sulla base monogrammica del turchino, come si compiacquero di fare alcuni pittori inglesi del secolo passato, sull'esempio del Gaisborough, il quale ai divieti accademici del Rey-nolds rispose trionfalmente col suo celebre Blue Boy. Bisogna però aggiungere che il Newerbey procede con una così signorile incuria dell'effetto immediato, che, alla prima, lo spettatore del preziosissi-mo quadretto non bada altro che alla grazia di quell'amore di bimba e al suo piccolo compagno. A questa completa dissimulazione dell'effetto cercato, l'arte del secolo scorso non pervenne mai.

Alla stessa guisa, Roberto Brough ama di affrontare i più difficili problemi della luce e li risolve alla chetichella, non avendo mai l'aria di accamparli con quella ostentazione di cui altri pittori tanto si compiacciono; ed evitando quei contrasti accentuati, che sono come degli imperativi categorici vibranti e invadenti dal quadro sulla vo-lontà dello spettatore. Egli ha insomma il buon gusto (che minaccia di mutarsi in gusto raro) di considerare ancora la luce come il mezzo della visione e non come il fine unico dell'arte. Con le identiche massime, liberamente applicate, dipingono Davide Fulton, Giacomo Paterson, Haig Hermiston, il Pratt, il Robertson e parecchi altri della nobile schiera, sviluppando ognuno il proprio valore artistico come una persona bennata esprimerebbe la indole propria, senza modi stu-diati e senza violenza.

Il solo, forse, che fa eccezione, è il Brown T. Austin con la sua Mademoiselle Plume Rouge; ma gli si deve anche tener conto della grande riuscita. Mi assicurano che questo suo ritratto nel 1895 venne acquistato per venti mila marchi dalla Pinacoteca di Monaco di Ba-viera, dopo aver vinta la medaglia d'oro in quella Esposizione. Salu-te a lui!

Generalmente parlando, i ritratti che contiene la collezione scoz-zese manifestano lo stesso procedimento tecnico, volto in particolar modo a far supporre certe intime qualità d'indole e di pensiero. Io ho sempre diffidato della esattezza di quella definizione di Hegel, di-venuta oramai un luogo comune: un ritratto deve essere la pittura di un carattere, poichè una bella testa, vera o dipinta, possono essere (e sono state tante volte!) una grande menzogna psicologica e storica. L'essenziale è che il ritratto abbia l'apparenza della vita. Con questo semplice criterio io non dubito di affermare che i ritratti scozzesi, estendendo il confronto a tutta la Esposizione, stanno sicuramente sulla prima linea; e arrivo a dire che il ritratto di figura in piedi della signorina Harvilton, dipinto del Guthrie (uno dei capi scuola) non isfigurerebbe a collocarlo nelle più celebri gallerie.

Per la intensa e magistrale verità della fattura, bellissima parmi anche la testa della baronessa Sobrero di Torino, dipinta dal Lavery; il quale poi nella intera figura d'uomo messa in fondo alla sala si mo-stra invece alquanto rigido e legnoso.

*
* *

Da questa pittura scozzese dovrebbe uscire un qualche buono ammaestramento, quantunque io poco lo speri. I confronti sono qui numerosi, evidenti e alla portata di tutti. Chiunque, dopo aver tra-scorso un'ora dinnanzi ai quadri che ho accennati sopra, passa nelle altre sale, e si ferma, per esempio, a quelli di Claudio Monet, del Be-snard, del Liebermann, del nostro Gola e di parecchi altri, è obbliga-to di accorgersi che egli non è solo in cospetto di ingegni o, come dicono, di temperamenti diversi; ma che si tratta di una orientazione completamente dissimile e opposta nell'intendere l'arte. Luministi, divisionisti, impressionisti, vibrantisti, che vuol dire tutta questa ro-ba?... Almeno nove volte su dieci, essa non esprime altro che una cocente inquietudine del successo, cercante il proprio affare nelle singolarità della tecnica.

Il nostro tempo fra tante belle cose, ha inventato anche la ipocri-sia artistica; e hanno saputo tanto bene convertirla in abitudine, che si può accompagnare anche ad una certa buona fede.

21

Ma non venitemi a dire che per rendere fedelmente la luce degli oggetti o, se meglio vi piace, gli oggetti nella luce, fa d'uopo ricorre-re alla macchia lattiginosa e caòtica del Monet; e che per esprimere una figura umana all'aria aperta, bisogna adoprare le chiazze paonaz-ze e sanguinolenti del Lieberman. No! La protesta del senso è trop-po categorica, troppo immediata e concorde. O si tratta di qualche anomalia visiva e si ricorra all'oftalmico; o signoreggia una illusione mistificatrice, elaborata con lungo studio di suggestioni, ed è bene dissiparla prima che si converta in demenza cronica.

Io dubito fortemente che siamo in questo secondo caso.

I pittori vedendosi sempre più ristretto a poveri confini l'ufficio rappresentativo dell'arte e in pari tempo accresciuti paurosamente gli ostacoli a pervenire in mezzo a tanta folla di competitori e a tanta indifferenza di pubblico, era non solamente naturale ma inevitabile che essi, massime nelle opere da cavalletto e da esposizioni, cercas-sero di proposito l'alleanza dello strano, si buttassero alle curiosità funambulesche e alle bizzarrie della virtuosità, facendone il loro principale tormento. Storia e legge comune a tutte le arti... Chi va dentro a una moltitudine affaccendata e vuol essere notato a ogni costo, si aggiusta un naso di cartone o inalbera un pennacchio scar-latto sul cappello a staio. Così l'artista si mette a combattere e a vin-cere con lo stupore, facoltà inferiore dello spirito. Ha bisogno di al-leati? Li troverà facilmente nella critica e nel pubblico. Basterà la-sciar travedere che non è dato a tutti comprendere e gustare certe superiori preziosità; ed ecco che la finezza dei furbi e la vanità degli ingenui si mettono nella partita; e il giuoco riesce infallibilmente.

Ma vi è un guaio nel giuoco; ed è che invecchia rapidamente e bi-sogna spesso variarlo; se no se ne avvedono anche quelli che giuoca-vano in perfetta buona fede.

Emilio Zola ha raccontato tempo fa nel Figaro che, tornato dopo degli anni a visitare le Esposizioni parigine, si è sentito prendere da un senso di uggia profonda dinanzi a tutte quelle tele scialbe e con-fuse, nelle quali i pittori, con indagini disperate cercando sopra tutto e sempre d'imprigionare la luce nella «grand'aria» finiscono per non lasciar vedere più nulla. E l'uggia sua era anche aggravata dal rimor-so; e si doleva di essere stato proprio lui il grande istigatore di tutta quella orgia di luminosità vuota e confusa; proprio lui il consigliere troppo ascoltato dal Monet, dal Manet, dal Pissarro e compagni, il predicatore insistente che di altro omai non dovessero occuparsi i pittori che di aprire una finestra sulla natura. - Un buon affare dav-vero! Quando finalmente ha potuto affacciarsi a quella finestra, ha dovuto anche convincersi che dava sul niente!....

Non credo che le confessioni e le palinodie, per quanto signifi-canti, producano grandi effetti salutari. Chi ebbe il potere di evocare il diavolo, difficilmente avrà anche quello di farlo scomparire. Il confusionismo pittorico procede ora a Parigi più che mai trionfante; e il soperchio se ne va riversando per di fuori, a grande beneficio di tutto il mondo incivilito. I pittori dunque seguiteranno a mettersi dei nasi di cartone e dei pennacchi rossi; e se Emilio Zola insiste, gli da-ranno del rimbambito coloro che ieri lo salutavano maestro.

Ma tant'è; a ognuno spetta l'obbligo di continuare l'ufficio suo. La critica, non «iniziata», e non sorniona, deve insistere su quello che crede la verità utile, anche se ingrata e inascoltata. Per questo io ho voluto un poco insistere su quei bravi pittori scozzesi, che vengo-no a dimostrarci in modo così evidente che si può essere, in arte, moderni e liberi senza rinunziare di proposito al senso comune.

Ma non ho nè anche inteso di proporli a maestri universali e di acclamarli perfetti. Vi confesso anzi che, dopo il successo veneziano, ho una gran paura che ci vedremo presto contristati dalla invasione degli immitatori!... Si sa, per esempio, che questi pittori scozzesi non solo abborrono da ogni vivacità e da ogni audacia, ma che abbassa-no e quasi mortificano per sistema la gamma normale dei colori onde non correre nemmeno il rischio d'uscire da quella loro sobrietà che ha sembiante di freddezza.

Invece a noi l'audacia non spiace e l'invochiamo, quando è valido e sincero argomento di forza; invece noi il sole, il nostro divino sole, lo vogliamo trionfante nei quadri, come lo amiamo consolatore nella

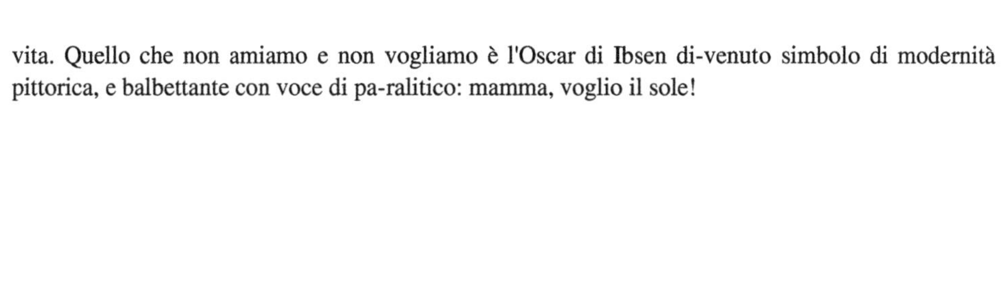

vita. Quello che non amiamo e non vogliamo è l'Oscar di Ibsen di-venuto simbolo di modernità pittorica, e balbettante con voce di pa-ralitico: mamma, voglio il sole!

SIMBOLISTI

(FRAMMENTO)

....Molti fra i Decadenti salutano in Carlo Baudelaire il loro ar-chimandrita e maestro; e i critici in generale danno, per questo, all'autore dei Fleurs du mal o la lode o la mala voce. Primo errore e prima ingiustizia. Senza risalire al Escholier limousin di Rabelais o alla «scuola lionese» del Rinascimento francese o alla letteratura a satireggiata da Molière nelle Précieuses ridicules, è fuor di dubbio abbondano in Francia, prima del Baudelaire, dei non trascurabili precedenti. Massimo Du Champ notava già, poco oltre il 1830, in seno al primo cenacolo di Victor Hugo delle vere primizie. Nello stesso grande maestro gli accenni non mancano; e in ispecie nelle Chansons des rues et des bois, o io prendo un grosso abbaglio, o una vegetazione serpentina, sottile, inquietante, principia già ad arrampi-carsi visibilmente, irradiando le sue tele e i suoi intrighi tenuissimi, dintorno agli alberi maestosi della foresta vittorughiana.

Ma chi diede una spinta decisiva fu anche Teodoro di Banville. Il poeta delle Odes funambulesques non la cede, o la cede di poco, al poeta dei Fleurs du mal nei suoi titoli di paternità verso la scuola decadente. Nel suo piacevolissimo e in molte parti prezioso Petit traité de versification française, si leggono anche queste sentenze:

«La Rime est l'unique harmonie des vers et elle est tout le vers..... On n'entend dans un vers que le mot qui est à la Rime.....

Si vous êtes poête, vous commencerez par voir distinctement dans la chambre noire de votre cerveau tout ce que vous voudrez montrer à votre auditeur, et en même temps que les visions, se pré-senteront spontanément à votre esprit les mots qui, placés à la fin du vers, auront le don d'évoquer ces mêmes visions pour vos audi-teurs....» Ora io vi domando: questa teoria, che è poi il caposaldo di tutta la poetica di Teodoro di Banville, consistente nell'attribuire ad una parola, solo perchè ha ufficio di rimare il verso, una forza di rappresentazione così autonoma e così invadente e un valore di evo-cazione tanto grande che tutto il resto rimane poco più di un'ombra o di un riempitivo, non dà anche a voi, come dà a me, il sospetto che essa sia il primo nocciolo intorno al quale s'incrostarono poi di mano in mano tutte le forme del simbolismo letterario?

*
* *

Poichè il loro principio fondamentale, se è dato di afferrarlo netto e intero entro il balenio dei loro versi e nel vago crepuscolo della lo-ro prosa ondeggiante, si ridurrebbe in sostanza a questo: le parole e le frasi del linguaggio oltre i loro significati oggettivi e noti all'uni-versale, hanno, per chi possegga uno squisito senso artistico, un va-lore di impressione e di associazione ideale e fantastica tutto proprio del loro organismo fonetico e della loro stessa configurazione grafi-ca. Il poeta che arrivi, per singolare privilegio della sua natura, a in-tuire questo significato «simbolico» della Parola e acquisti l'abilità di maneggiarla efficacemente, è assunto, per questo, al piccolo e glo-rioso sodalizio dei Simbolisti. Una vita nuova si apre per lui in virtù di questa mirabile arte nuova, la «grande Arte» come essi la chiama-no. La vita quotidiana e il triste secolo si tirano in disparte; e la loro arte da piazza e da palcoscenico non conta più nulla; e bisogna ab-bandonarla, come cosa vile, alla moltitudine dei non iniziati.

Le parole dunque, solo e sempre le parole. Il famoso dispregio d'Amleto diventa il grande vessillo di battaglia: «Words! Words! Words!»

E la Parola è studiata dai Simbolisti in tutti i suoi più minuti ele-menti di eccitamento sensorio e fantastico, in tutte le sue più recon-dite prerogative di sensazione musicale. Fin qui potremmo avere sol-tanto la esagerazione d'una verità antica e nota a tutti; ma vi è dell'altro. I vocaboli, per costoro, oltre che suoni, hanno colori, odo-ri, gesti e fisonomie come dei corpi solidi erranti nello spazio e delle figure d'animali viventi. - Arturo Rimbaud, uno dei precursori, un bel giorno scrisse in fila le cinque vocali: A. E. I. O. U. Poi guardan-dole bene a lungo con gli occhi ipnotizzati, scuoprì anzitutto che ognuna di esse aveva un colore suo particolare; poi tante altre cose che significò in un sonetto rimasto celebre nella Scuola:

A noir, E blanc, I rouge, U vert, O bleu, voyelles!
Je dirai quelque jour vos naissances latentes.
A. noir corset vêtu de mouches éclatantes,
Qui bombillent autour des puanteurs cruelles,
Golfes d'ombre......

E la rassegna delle vocali prosegue, a questo modo, fino all'ulti-mo verso. Renato Gill, uno spagnuolo naturalizzatosi francese per amore dell'arte nuova, non si è spaventato di portare alle ultime con-seguenze questa faccenda del colore delle parole e delle lettere. Par-tendo egli dalla legge fisica per la quale il suono può essere tradotto in colore, ha bravamente invertito la formula. E sostiene che il colore alla sua volta può tradursi in suono: e quindi, per esempio, un pae-saggio di Ruysdäel può diventare una suonata che lo traduca, anzi che lo ripeta esattamente, colore per colore, tono per tono, in tutte le varietà delle sue gamme.
E perchè no? Anche uno dei personaggi della Vie de Bohéme eb-be questa idea pellegrina; e se non potè avere fortuna come maestro di musica, il piccolo stuolo degli amici non gli lesinò mai la sua am-mirazione. Ed egli se ne contentava!

*
* *

Si immagina facilmente che, una volta messi per questa strada, i cervelli dei poeti non si sarebbero fermati. Oh no! Essi camminano sempre e nessuno ancora sa a che termine si fermeranno.
Ed eccoci alla faccenda dei nomi proprii. Se ogni lettera e parola ha un suo proprio significato, diremo così, grafico-fantastico, perchè anche il nome proprio d'ogni persona non dovrà avere la sua fisio-nomia e il suo colore? - Numina, nomina, ha detto e ha preteso an-che di provare il Max Müller. - Sappiamo intanto che Balzac molto fantasticava sui nomi dei suoi personaggi; e si assicura che Gustavo Flaubert sudavit et alsit per trovare il doppio nome proprio che diede il titolo del suo ultimo romanzo. Il Manzoni si volse alla cortesia di un amico bergamasco perchè lo aiutasse a trovare, o magari ad in-ventare, il soprannome di uno dei bravi dell'Innominato. E anche la storia vecchia ci dà esempi. Matteo Bojardo, poeta epico insigne e signore magnifico, poich'ebbe inventato per il suo eroe saraceno il bel nome di «Rodomonte», venne in tanta allegrezza, che diede or-dine che tutti i campanili di Scandiano suonassero a gloria...
Ma questi non sono che fatti slegati e piccoli. I Decadenti amano le teorie assolute, che applicano con rigore consequenziario a tutti i fatti e a tutte le contingenze dell'arte. Ed ecco che Stefano Mallarmé (uno dei principi della Scuola) ci afferma che il nome Carlo ha colo-re di marmo nero; Emilio invece colore di verde lapislazzuli. Sarei curioso di sapere che colore dà il Mallarmé al nome proprio di Bruno e a quello di Bianco... È possibile che il primo lo veda giallo e il se-condo scarlatto.
Un'altra e più grande preoccupazione dei nuovi poeti è la musica-lità. «De la musique avant toute chose... De la musique encore et toujours!» grida il Verlaine nelle strofe in cui ha, con moltissima

25

gra-zia, condensati i canoni dell'arte poetica simbolista. Ma sbaglierebbe chi supponesse che i Decadenti si contentino di quei misurati artifici che tutti i veri poeti hanno sentito e adoperato (talvolta istintivamen-te e talvolta con meditato proposito) nel dare svariata musicalità alle strofe e anche un più preciso suono d'armonia imitativa ad uno o più versi. Le onomatopeiche potenti che si trovano qua e là in Omero, in Virgilio, in Dante, in Parini, non sarebbero che dei mezzucci elemen-tari e puerili in confronto delle squisite iperistesìe musicali che i no-stri esprimono e tentano di suscitare negli altri con la studiata nume-rosità dei versi e delle strofe. E per avere libera sotto le loro dita tutta quanta la tastiera dell'organo poetico, essi cominciano col ribellar-si alle regole della vecchia prosodia. Quanto alle rime, talora essi le sopprimono e le disdegnano come un impaccio, talora le profondo-no, combinandole con le assonanze e mediante certe insistenze osti-nate e certe ingegnosità di richiami e di comparti da costringere chi legge a un faticoso stupore. Posseduti dalla loro passione musicale, essi sforzano volentieri i soliti confini dell'arte e vi tirano dentro per i capelli una specie di leit-motiv, mercè l'avvicinamento di certe silla-be e la ripetizione prolungata di certe parole dal significato misterio-so e fatale...

Talora par che tutto si riduca per essi a questioni diatoniche; e quando hanno bisogno di una data tonalità, se la lingua dell'uso vi-vente non li serve abbastanza, vanno in cerca di voci antiquate e le risuscitano, pigliando dai poeti anteriori al Ronsard, dai cronisti del tempo di Luigi XI, dal vecchio idioma dei favolisti e dalle epopee medioevali; e se l'antico e il nuovo idioma non bastano, ricorrono senza scrupolo alle lingue forestiere, all'inglese, all'italiano, al tede-sco, magari al cinese e all'indiano. Avviene più d'una volta che que-sta eccessiva cura della musicalità renda oscurissimo il senso delle loro liriche, oppure che non si riesca a trovarvi senso alcuno. Non importa. De la musique encore et toujours! - La poesia è lanciata a piene vele nella indeterminatezza della musica. Chi legge o ascolta, cullato, carezzato, blandito e ipnotizzato dai ritmi della poetica me-lopea, vedrà a poco a poco, come il fumatore d'oppio, delinearsi e colorirsi le mirifiche visioni dinanzi alla sua mente... Intanto tutto il suo sistema nervoso vibrerà come una lira.

S'io non sono riuscito a spiegar bene in poche pagine di scritto quello che vogliono i Decadenti francesi e il loro Simbolismo e a rendere in brevi tratti la loro poetica, credano i lettori che la colpa non è tutta mia. Parecchi tra i più eminenti critici francesi confessa-no di non vederci più chiaro di me.....

1891.

UN RITORNO A GOLDONI

Un secolo e mezzo fa, all'indomani delle allegre serate al teatro di Sant'Angelo e a quello di San Luca, ripetevasi per le strade e pei ri-dotti di Venezia: «Gran Goldoni!» - Adesso, non a Venezia soltanto ma per tutta Italia, ogni volta che, in casa o in piazza, qualche episo-dio schiettamente comico della vita paesana passa sotto gli occhi della gente, c'è ancora chi esclama: «Se fosse qui il Goldoni!»

E il grido è stato sempre il medesimo; e in tanto passare di anni e in tanto variare di gusti e di usanze, nessuno ha ancora pensato a so-stituirlo. Il che, se mostra, da una parte, la grande vitalità della fama di Carlo Goldoni e il giudizio in cui fu sempre tenuto di fedele rap-presentatore della vita italiana del suo tempo, mostra per di più che nessun autore comico è sorto di poi in Italia, dal pubblico stimato degno di prendere il posto dell'autore dei Rusteghi e del Ventaglio. Così lo stesso motto popolare esprime una insigne fortuna e una grande povertà della nostra letteratura.

A ogni modo, ogni nostro ritorno al Goldoni nel teatro, nella cri-tica e nello studio biografico, equivale per noi al rinnovarsi di una occupazione piacevolissima. È proprio come un tuffo giocondo den-tro una fresca corrente di naturalezza artistica e di simpatia umana. Non sappiamo se in Goldoni più ci attragga l'uomo o il suo teatro. In lui ci par di vedere riunito tutto quanto sopravvive ancora di buono, di schietto e di geniale nella vita letteraria italiana, pur tanto abbas-sata e tanto esausta, in quel torpido e cerimonioso settecento; onde ebbe ragione Emilio De Marchi di scrivere essere così gran piacere parlar di Goldoni: «Un uomo (aggiunge Ernesto Masi) grande e buono! La potenza dell'ingegno e la bontà dell'animo congiunte in una sola persona! Che cosa si può immaginare di più idealmente de-gno di essere amato, ammirato e posto in esempio agli uomini? E, con questo, un equilibrio anche fisico, che in pieno accordo con le felici disposizioni del suo spirito, permette al Goldoni di scrivere senza vanti: il morale è in me perfettamente analogo al fisico; non temo nè il caldo nè il freddo, e non mi lascio nè accendere dalla col-lera, nè inebbriarmi dalla gloria.» Potrei continuare la citazione; ma non voglio con una bella pagina di prosa dare pronta materia a qual-che illustre psicologo di argomentare che, se proprio il Goldoni era uomo così felicemente equilibrato, ergo poteva essere, a suo piaci-mento, un uomo d'ingegno; ma quello che veramente si dice un ge-nio, non mai!

Ma genio o ingegno che fosse, Carlo Goldoni ha lasciato un'opera d'arte, che, considerata nelle sue grandi linee e comparata all'età in cui visse, pare fatta apposta per iscompigliare molti criteri sistematici e in ispecial modo quello dell'ambiente storico, col quale tante e tan-te cose abbiamo creduto di poter spiegare nelle vicende delle arti e delle lettere nostre. O che aveva mai di così singolarmente diverso dagli altri italiani infuso madre natura in questo uomo che, mentre gli altri correvano alla imitazione servile, all'artificiato e al falso e mentre per gli altri una gran nebbia di convenzionalismo si interpo-neva fra la mente e la vita, da solo, riesce a prendere tranquillamente la via del naturale, come se nessuna altra via fosse aperta dinanzi a lui? - La lingua, rispondono: guardate la lingua di Carlo Goldoni e subito penserete che anch'egli soggiacque alla legge comune. - Cer-to, la lingua italiana del Goldoni, che fu causa principale alle ire del Baretti verso il gran commediografo, è tutto quanto si può immagi-nare di sciatto, di bolso e di sciagurato. Non solo in questo appare somigliante ai suoi contemporanei ma anche dei peggiori. E non de-ve far meraviglia, dovendo egli di continuo cimentarsi nel dialogo, ossia nel campo dove una lingua ha più bisogno di apparire ricca, agile e viva e dove, quando non abbia queste doti, si mostra più de-ficiente. Così un uomo male in gambe appare anche più zoppo quando va per una strada faticosa e frequente di ostacoli.

Eppure nel leggere in questi giorni, nei due volumi pubblicati da Ernesto Masi, alcune delle commedie goldoniane scritte in quella lingua che il brav'uomo non dubitava di chiamare toscana, io sentivo di mano in mano convertirsi dentro di me in argomento d'ammira-zione quella sua stessa povertà.

Leggete Il Cavaliere e la Dama, oppure Le femmine puntigliose. A certi punti del dialogo, le improprietà e le goffaggini continue del-la lingua par che arrivino a turbarvi il respiro, come una zaffata di assa fetida. Donna Eleonora compatisce alle impazienze dello sto-maco affamato di Colombina, esclamando: - Povera ragazza!... Le lunghe astinenze la rendono desiosa di reficiarsi. - Più oltre, è Don Rodrigo che domanda alla dama come faccia suo marito a sussistere senza assegnamenti, ossia a campare senza rendite. - Altrove è Don Flamminio che in questi termini esprime la sua buona volontà: - So-no qui disposto a soccombere a quanto sarà necessario. - Titubazioni, imprecisioni e sciatterie proprie d'un idioma malato e che ormai ac-cenna a dissolversi. Ma andate avanti. Intanto la commedia si svol-ge, gli incidenti si moltiplicano, annodandosi e snodandosi come per incanto, i caratteri si profilano, il quadro dei costumi si colora e si anima; e tutti gli spiriti di una comicità schietta, vivace e inesauribile vi avvolgono e vi captivano e vi immedesimano nel soggetto della commedia per modo, che voi non avete più tempo di pensare alla lingua. Anzi quella stessa miserabile lingua pare che, in qualche gui-sa, vi aiuti ad avvicinarvi a quei personaggi in marsina e in parrucca e a sentirli e a comprenderli e a vivere con essi in piena vita italiana del settecento. Il signor Florindo, facendo la sua rispettosa corte alla signora Rosaura non doveva, non poteva adoperare altro linguaggio; e altro dialogo non ne poteva scaturire... Questo è certamente un er-rore; ma è effetto anch'esso della potente illusione estetica che ci ha guadagnato l'animo, attestando il predominio di un'arte superiore.

A che sarebbe riuscito il Goldoni, se i tempi e l'educazione lo avessero fatto padrone e signore dello strumento formale dell'arte sua? La risposta la diede egli stesso, quando scrisse le commedie nel suo dialetto, che, per fortuna delle nostre lettere, era ed è una dei più belli e dei meglio intesi nella penisola; quelle commedie di pretta vita veneziana, borghese e popolare, nelle quali, disse bene il Mol-menti, l'anima del poeta pare che genialmente si confonda con l'ani-ma del popolo di Venezia. I Rusteghi, la Casa nuova, le Baruffe chiozzotte sono dei veri capolavori finiti, nei quali l'arte goldoniana, tolta di mezzo la inferiorità della forma, va tranquillamente a sedersi in faccia all'arte del grande Molière; e nella specializzata verità dei caratteri e nel brio multiforme dei dialoghi, sto anch'io con coloro che credono che lo sorpassi.

Vi ricordate I Rusteghi? Avete in mente la scena sesta dell'atto secondo tra Lunardo e Simon? Allegria, giovinezza, libertà, confi-denza famigliare, compiacenze materne, tutte le più care e legittime gioie della vita hanno maledetto quei due tangheri. Eccitandosi l'uno coll'altro, tutto hanno addentato e divorato come due squali feroci. E le donne sopra tutto!

Simon. Done, done e po' done!

Lunardo. Chi dise done, vegnimo a dir el merito, dise dano.

Simon. Bravo, da galantuomo!

Ed è tanto contento d'aver trovato l'animo suo in quello dell'ami-co, che il bastione si abbandona ad un abbraccio amorevole. Ma qui improvvisamente sul mostaccio rugoso di Lunardo balena un sog-ghignetto, che nessuno avrebbe mai preveduto.

Lunardo. E pur, se ho da dir la verità, no le m'ha dispiasso.

Simon. Gnanca mi veramente....

Lunardo. Ma in casa!

Simon. E soli!

Lunardo. E co le porte serae!

Simon. E co i balconi inchiodai!

Lunardo. E tegnirle basse!

Simon. E farle far a nostro modo!

Lunardo. E chi xe omini, ha da far cussì!

Simon. E chi non fa cussì, no xe omini! (Partono).

Quando il Lessing e il Goethe dalla Germania si rivolgevano con riverente attenzione a questo commediografo italiano così modesto e così bonario; quando il signor di Voltaire gli scriveva che le sue commedie gli facevano pensare all'Italia liberata dai barbari; e in Francia egli veniva chiamato e invocato come l'unico salvatore d'una grande tradizione artistica in rovina; e tra noi Gaspare Gozzi mette-va in servigio del suo teatro il grande acume e il gusto squisito della sua critica onesta, veramente si potè pensare che a Carlo Goldoni si apparecchiasse nella posterità uno studio e un culto veramente ade-guati alla grande opera sua.

Ha corrisposto la posterità alle belle promesse del secolo scorso? A dire il vero, e senza scemare il merito a nessuno dei nostri goldo-nofili, mi sembra che il Goldoni, più che in Italia, abbia avuto fortuna all'estero, ove fino a ieri vedemmo succedersi i libri veramente se-ri intorno a lui e al suo teatro. Per questo, tanto più dobbiamo lode e riconoscenza a Ernesto Masi. Difficilmente si poteva fare un miglior regalo alle lettere italiane; e aggiungiamo che difficilmente si trove-rebbe in Italia chi fosse stato in grado di farlo meglio di lui, pubbli-cando questa raccolta.

Le commedie scelte nei due volumi sono undici. Molti, come me, esprimeranno il desiderio che fossero in numero maggiore. E questo è tutto merito del Goldoni. Ma nessuno, io credo, potrà pensare che una sola di queste commedie si potesse escludere da una scelta giu-diziosa e gustosa. E questo è merito del Masi.

Il quale ha aggiunto un commentario storico e ha penetrato tutta la raccolta di uno spirito critico, che le accresce moltissimo pregio e le dona un aspetto di freschezza e di modernità. In solo ventotto pagine di prefazione ha saputo trar fuori, come di getto, l'uomo e lo scrittore, soffermandosi ai punti più controversi o poco noti; e spe-cialmente illustrando la vita di Goldoni a Parigi fino alla sua morte, il molto lavoro che vi fece, le tristi peripezie che ebbe a soffrirvi, mentre il suo cuore tornava sempre alla sua Venezia:

Da Venezia lontan do mila mia,
No passa dì che no me vegna in mente
El dolce nome de la patria mia
El linguagio e i costumi de la zente...

Soddisfa anche il Masi alla curiosità dei lettori descrivendo le circostanze che accompagnarono l'andata in iscena del Bourru bien-faisant, che, con ottimo consiglio, ha voluto inchiudere nella raccol-ta.

Poi vengono le Note preliminari, commedia per commedia. Sono notizie bibliografiche e storiche, le quali riferiscono le origini di ogni commedia, la ricollocano, per così dire, nel vivo quadro della sua prima rappresentazione e spiegano il posto e il significato che essa ebbe nella vita dell'autore, nella gran riforma da lui tenacemente proseguita e nel complesso del suo teatro. Anche il testo ha brevi annotazioni, qualche volta estetiche e qualche volta filologiche; que-ste ultime specialmente per le commedie in dialetto.

Io credo di non esagerare dicendo che da questa diversa fatica del Masi esce una monografia sul Goldoni nel suo genere completa; una monografia elegante, sobria, succosa, lumeggiata di tocchi argu-ti e ricca di investigazioni originali. È insomma un bel raggio di sole novellamente diffuso su tutta la figura del grande veneziano.

Aggiungete uno spirito di ardente simpatia, che circola per questi due volumi e pare proprio che li riscaldi. Ernesto Masi è, per dirlo alla francese «un grande amoroso» del suo soggetto: e non è da po-co tempo che egli lo viene, con molte e insigni prove, dimostrando. Qui lo dimostra al punto che, talvolta, a certe patenti bellezze delle scene goldoniane, egli sente il bisogno d'intervenire, richiamando con una nota l'attenzione del lettore; tant'è la sua tema che possano passare inosservate. Sollecitudini d'innamorato; e giovano anch'esse. Chi arde, incende.

«En ces temps-là, le désert était peuplè d'anachorètes.» Con que-sto umile tono di leggenda principia Anatolio France il romanzo Taïs.

Chi, anche solo per lontane letture, ricorda la schietta poesia delle storie del Cavalca e le pagine magniloquenti del Chateaubriand, si pone con desiderio a scorrere questo racconto in cui si riflette, per toccanti e curiosi episodi e per quadri vivacissimi, la grande epopea spirituale dell'ascetismo cristiano in Oriente, nei due ultimi secoli dell'Impero romano.

Il romanzo di Anatolio France (che a lui è piaciuto di intitolare Conte philosophique) è presto riassunto nelle sue linee principali. - Pafunzio, nato di nobile e ricca famiglia cristiana in Alessandria, si avvede per tempo dei pericoli del mondo e ripara alla Tebaide, ove con la santità della vita rigidissima è venuto presto in grande autori-tà, così che i cenobiti della solitudine d'Antinoe l'hanno scelto per loro capo spirituale. Un giorno mentre Pafunzio è solo nella sua cella meditando e orando, ecco che gli viene un ricordo della sua vita mondana: rivede Taide, la celebre mima, la cortigiana bellissima, per la quale tutta Alessandria delirava e con la quale egli stesso, al tem-po «del dolce giovanile errore», una volta fu sul punto di peccare. La vede, pensa alla vita miserabile che questa donna conduce, ai tanti peccati che essa commette e fa commettere, ed è preso da un desiderio infiammato di carità per lei. È Dio che gli manda questo desiderio. Pafunzio risolve di lasciare la sua solitudine, di rientrare in Alessandria e convertire a Cristo quell'anima errabonda.

Di lì a pochi giorni il giovane anacoreta, non d'altro vestito che del suo cilicio, è in Alessandria. Rivede i luoghi della sua infanzia; va al teatro ove gli appare Taide, sempre bellissima e regina dei cuo-ri; va da Nicia, un amico della sua giovinezza, che vive sibaritica-mente nella sapienza scettica degli ultimi pagani; piglia da lui ricche vesti e danaro e si fa insegnare il modo di giungere a Taide.

La trova nella sua ricchissima dimora, circonfusa da tutti i fascini della bellezza, della voluttà, della eleganza greca, della magnificenza orientale. Egli non si limita, come Giovanni il Precursore dinanzi a Erodiade, a rimproverarle i suoi peccati; ma le parla anche di una lu-ce divina che è in lei e che essa ogni giorno offende e contamina; le fa travedere i gaudi di un amore santo, eterno, nel quale solo la sua anima, assetata invano di felicità, potrà riposare e sentirsi beata. La cortigiana Taide, che da bambina aveva ricevuto il battesimo, e talo-ra vagamente se ne ricordava, rimane colpita dall'improvvisa appari-zione, dall'aspetto strano, dalle ardenti parole del monaco. - Sì è ve-ro, essa non è felice; in fondo al cuore ha tristezze e desideri ineffa-bili che tutti i favori e tutte le delizie di quel pazzo mondo che le sta a torno non valgono a placare e a contentare. Ma chi potrà darle la pace del cuore? - Cristo! risponde Pafunzio.... La mima, nel suo bel-lissimo atteggiamento di ninfa seminuda, guarda dal suo letto coi grandi occhi immobili quel singolare uomo che, potendo, non la vuol possedere e che le ha rivolte parole di un così misterioso e potente significato....

Intanto arrivano le schiave ad abbigliarla per una cena che Cotta, il grande ammiraglio della flotta romana, darà quella sera stessa in onor suo. Chiede a Pafunzio d'accompagnarla ed egli acconsente; anzi giura che non l'abbandonerà più fin che non abbia compita la salvazione della sua anima, per la quale Dio gli comandò di abban-donare il deserto e rimettere i piedi nel fango della nuova Babilonia.

*

* *

La cena in casa dell'ammiraglio Cotta si svolge in un quadro stu-pendo. È la vecchia orgia romana arricchita e quasi spiritualizzata da tutte le raffinatezze decadenti della cultura greca e alessandrina. Mentre le mime e le etère scherzano, motteggiano, baciano e abbrac-ciano sui letti sontuosi del triclinio, mentre dalle schiave e dagli schiavi s'alternano balli voluttuosi e grotteschi, e girano i vini più generosi e le vivande più prelibate, i convitati di Cotta, che sono fra i più colti ed eruditi spiriti di quel tempo, espongono nella bella for-ma di un dialogo platonico le loro opinioni sulla Divinità, sulla Natu-ra, sulla Vita. Parlano Nicia, Dorione, Zenotemo, Ermodoro, Eucrite e lo stesso anfitrione Cotta, difendendo le idee proprie a seconda della scuola filosofica a cui appartengono. Echi dell'Accademia, del-la Stoa, del Peripato; Pirrone, Epicuro, Plotino, Proclo, Porfirio ten-gono a volta a volta il campo nel cortese certame. I vecchi miti della Grecia, le nuove teurgie orientali s'incontrano e s'intrecciano in evo-cazioni e trasfigurazioni ingegnose e fantastiche. Anche la nuova dottrina di Cristo ha il suo valoroso rappresentante in questo dialo-go. È Marco, l'apostolo ariano, che svolge la sua teoria della gnosi divina personificata nel Nazareno; e qui va notato che Pafunzio, il quale ha ascoltato in calma tutti quei pagani, alle bestemmie eretiche di Marco non può contenersi: «A ces mots, Paphunce, blême et le front baigné d'une sueur d'agonie, fait le signe de la croix...»

La cena finisce all'improvviso con un episodio orribilmente tragi-co. Eucrite lo stoico, il quale aveva già annunziato con vaghe parole una sorpresa per quella sera, si pone a disputare della libertà umana con Nicia, che la nega. A un dato punto, mentre l'alba piove la prima sua luce pallida sulle fronti dei convitati, egli trae dalla veste un pu-gnale e se lo pianta nel petto. È l'atto, la prova suprema della sua li-bertà. Gli amici raccolgono il corpo tutto sanguinante e lo adagiano sopra un letto del triclinio; ma Eucrite è già morto. Ognuno immagi-na la scena che segue. Cotta, il soldato romano, dice l'ultima parola: «Mourir! vouloir mourir quand on peut encor servir l'État! Quel non-sens!» - Ma questa cena ha deciso del destino di Taide. Le paro-le di Pafunzio l'avevano turbata e scossa; quegli ultimi orrori della vita mondana l'hanno vinta. Ella s'abbandona alla volontà del mona-co e farà tutto quello che esso le prescriverà.

Tornano insieme alla casa di Taide. Ma che fare di tutte quelle immense ricchezze che essa ha accumulato col mercato del suo cor-po, di tutti quegli oggetti eleganti e preziosi che rappresentano la se-duzione e ricordano la colpa? - Al rogo! - grida il monaco. E subito, chiamati i servi, sulla piazza che sta dinanzi alla casa, inalzano una grande catasta di legna e quando le fiamme cominciano ad inalzarsi vi buttano ad uno ad uno gli ori, gli argenti, i profumi, i mobili, tut-to, non risparmiando gli oggetti più meravigliosi, che pareva si rac-comandassero con l'incanto dell'arte. Invano il popolo accorre tu-multuando e tenta d'impedire quello sterminio; invano Nicia, con la voce amorevole della ragione tollerante, cerca dissuadere. Tutto il mondo del peccato di Taide deve perire nelle fiamme!

Pafunzio e Taide sono usciti dalla città, e camminano soli lungo il mare verso il luogo di solitudine, di macerazione e di preghiera che esso le ha destinato.

La via è aspra e lunga, il sole è cocente e la povera giovine sente il suo corpo delicato piegare sotto il peso della fatica. Ma Pafunzio si compiace di tutto ciò; le mostra il mare e le dice che tutte quelle acque non basterebbero a lavare le orribili colpe di lei; vuole che sof-fra perchè possa espiare.... A un tratto, pensando che quel suo corpo è stato tante volte contaminato dagli uomini, il fiero monaco è inva-so da una specie di ascetico furore. Si mette dinanzi a lei, pallido, terribile, la guarda un poco nel bianco degli occhi e le sputa sulla faccia! Ma poi, vedendo una goccia di sangue uscire dal piccolo piede nudo di Taide, è colto da una frenesia di pietà, si butta per ter-ra e le bacia i piedi... Taide, arrivati che sono ad una sorgente, beve nella palma della sua mano e dice al compagno: «io non ho mai be-vuto dell'acqua così fresca nè respirato dell'aria così leggera!»

Di lì a poco sono giunti all'eremo ove Albina, la santa penitente nata di famiglia imperiale, accoglie la povera Taide «nel tabernacolo della vita». La chiudono in una piccola capanna ove non è che un letto di paglia ed una brocca. Pafunzio stesso vuol chiudere l'uscio e sigillarlo coi proprii capelli; poi dice ad una delle vergini presenti di passare a Taide per la piccola finestra dell'acqua, del pane e un flau-to acciocchè la peccatrice canti sovr'esso le lodi del Signore.....

*

* *

31

Pafunzio monta in una barca sul Nilo e torna alla sua lontana Te-baide. Che cosa accade di lui? Gode egli nelle solitudini il frutto della sua opera evangelica? Pur troppo, no. Egli non è più visitato dalle dolci visioni, il suo cuore è arido, la preghiera non lo conforta. Pare che Dio siasi ritirato da lui, mentre il Maligno, a segni manife-sti, lo avvolge in un circolo sempre più ristretto e accenna a impa-dronirsi di lui. Delle torbide apparizioni entrano nella sua cella e oc-cupano le sue notti; e in mezzo a loro vede sempre una figura di donna: Taide!... Mentre essa nella fetida cella, che Pafunzio le ha prescritta come una tomba, sta macerando il proprio corpo, quello stesso corpo suo è sempre dinanzi alla mente del povero solitario pieno di fascini, pieno di tentazioni. Egli ha sempre dinanzi quella goccia di sangue che vide stillare dal suo piccolo piede, là nelle sab-bie del deserto; gli par sempre di sentire il fruscìo leggero che faceva la sua veste color di viola, mentre ella si moveva là sul letto del tri-clinio; nell'aria sente sempre il profumo delicatissimo che vaporava dalla sua bella persona... Misteri della giustizia divina! Egli ha con-vertita Taide a Cristo e ora Cristo glie la volta contro in tentazione, forse in perdizione dell'anima sua immortale. Ai ribollimenti del san-gue e alle suggestioni peccaminose della fantasia s'uniscono dubbi tremendi, che fanno sudar freddo e allibire e fremere di spavento il povero cenobita. Invano egli raddoppia le preghiere, i digiuni, le macerazioni d'ogni genere; invano si raccomanda alle preghiere degli altri solitari. Il desiderio di Taide lo consuma sempre più. Allora egli fugge dalla sua cella e va come uno smarrito vagando notte e giorno per le solitudini, entra nella tomba dei Faraoni, fruga fra le ruine de-gli antichi templi, sale in cima di una colonna, e fattosi penitente sti-lita, rimane lassù per dei mesi immobile al sole e alla pioggia. Tutto inutile. Non un'ora della vita egli può cacciare da sè l'immagine e il desiderio tormentoso di quella donna.
Allora egli pronuncia la novissima bestemmia delle anime dispe-rate: Dio lo abbandona al Nemico. E sia; ma almeno Taide deve es-sere sua, una volta! Non ne ha egli il diritto, se questo è il prezzo della sua eterna dannazione?
In mezzo a questi pensieri gli giunge la notizia: Taide è moribon-da! Egli accorre come una belva furente che si vede fuggire la preda da lungo tempo agognata. Nel tacito asilo delle pie donne egli la trova morente, muta, con le mani in croce, coperta d'una bianchissi-ma veste. - Taide! le grida soffocato il monaco; ed ella aprendo l'ul-tima volta i bellissimi occhi: «Siete voi, mio padre? Vi ricordate dell'acqua di quella sorgente che io bevvi con voi? Quel giorno, o padre mio, io sono nata all'amore... alla vita! - Ma Pafunzio le sta sopra con sì orribile viso e la guarda con occhi così cupidi e balenan-ti di lussuria, che la santa madre Albina ha come la intuizione di quanta bruttura sia in quel momento nell'anima di quell'uomo; e gli intima di allontanarsi. Intanto le altre monache, guardando la faccia di Pafunzio, gridano spaventate: Un vampiro! Un vampiro! - «Il était devenu si hideux, qu'en passant la main sur son visage il sentit sa laideur.»
E la storia è finita.

*

* *

Ho riassunto, il più brevemente che ho potuto, il nuovo e singola-re romanzo di Anatolio France solo per concludere: che diranno i let-tori quando sappiano e vedano che questo racconto non solo in em-brione, ma nella sua completa ossatura e nella distribuzione di tutte le sue parti importanti, esiste già da ben dieci secoli e si trova nell'o-pera letteraria di una monaca tedesca del secolo nono?
Entro la badia di Grandersheim in Sassonia (fondata nell'852) visse nella seconda metà del secolo decimo una monaca, la quale, mentre sui baroni e sulle plebi cristiane incombevano i terrori del Mille, si dilettava senza scrupoli a leggere le commedie di Terenzio, a comporne a imitazione e, scrive essa, a emulazione di lui: in emula-tionem Terentii. Il suo nome ci è pervenuto variamente scritto; ma noi la chiameremo Rosvita, che suona: rosa bianca. Vorremmo anco-ra conoscere i nomi delle monacelle,

32

che nelle lunghe serate dei rigi-di inverni si divertivano a rappresentare le produzioni drammatiche della compagna poetessa; ma non ci sono pervenuti che il nome di Rikkarda, che le fu maestra, e quello di Gerberta, dell'imperial san-gue degli Ottoni, in quel tempo badessa a Grandersheim e donna molto famosa per la sua dottrina in tutta l'Allemagna.

La Rosvita compose poemi, commedie e drammi, sempre d'ar-gomento religioso. È sorta naturalmente la domanda se l'opera della monaca sassone abbia, e in qual misura, contribuito alla formazione della drammaturgia sacra e dei Misteri, che assunsero così vasta fio-ritura presso le nazioni cristiane nel medio evo. Il D'Ancona opina (e credo con buon fondamento) che qui si tratti di un'opera individuale e solitaria, la quale si annoda per conto proprio alla tradizione classi-ca, mentre il Mistero, di fonte popolare, ebbe altri modi di formazio-ne e di svolgimento.

*
* *

Nella imitazione del commediografo latino seguace dei modelli greci, nessuno può pretendere che una monaca tedesca, in pieno medio evo, andasse molto innanzi. Avranno i lettori, un poco più oltre, un saggio della sua latinità e della sua versificazione e giudiche-ranno. Se Terenzio è licenzioso, la suora cristiana sarà naturalmente castigatissima; anzi appare evidente il suo proposito di purificare e santificare la vecchia commedia pagana, volgendola a edificazione delle anime, nella stessa guisa che i vecchi templi si toglievano agli dei falsi e bugiardi per sacrarli al culto di Cristo e della Vergine. Ro-svita scrive nel preambolo de' suoi drammi. «Mi proposi di sostituire storie edificanti di vergini pure al racconto dei traviamenti delle donne pagane: volli, con le mie povere forze, celebrare le vittorie del pudore e quella specialmente in cui la fiacchezza della donna fu vi-sta trionfare della brutalità dell'uomo.»

Tutto il suo teatro infatti potrebbe qualificarsi un poema cantato alla castità della donna, uscente sempre vittoriosa da pericoli, con-trasti e cadute; ove talora il comico va fino alle più volgari buffone-rie e la nota drammatica si leva alla pietà più toccante e alla più schietta e fulgida misticità. Nel dramma intitolato Callimacus la passione d'amore è assai caldamente colorita, passando dalla tene-rezza malinconica alla cupa e tragica disperazione. Il giovane Calli-maco, ancora pagano, si innamora di Drusiana sposa d'Andromaco, bella donna e sposa cristiana, casta e timorata al punto che domanda a Dio la morte per essere tolta ai pericoli della tentazione. E Dio la chiama a sè. Ma l'amore di Callimaco è «più forte che la morte» e va e viola il sepolcro della donna amata. Nell'atto però che sta per stringere nell'amplesso sacrilego il bel corpo inanimato, è reso an-ch'egli cadavere dalla mano di Dio..... Sopraggiungono il marito Andronico e lo apostolo Giovanni. Quest'ultimo con un miracolo re-stituisce Drusiana viva allo sposo; e risuscita anche Callimaco perchè sia rinnovellato nella fede di Cristo e nel pentimento.

Come si vede dalla scena penultima di questo dramma, Rosvita non schiva le situazioni audaci. Le affronta essa e le risolve con una semplicità e una speditezza, che oggi farebbero sorridere anche un pubblico di ragazzi; ma che non lasciavano quasi il tempo di cogliere il lato scabroso della scena. Un esempio. Callimaco, condotto dall'amico Fortunato, entra nel sepolcro di Drusiana.

Fortunato - Guarda que' lineamenti sui quali non diresti che sia scesa la morte!

Callimaco - Drusiana, Drusiana! Con che trasporto non t'amavo io, benchè tu non ti stancassi di rigettarmi! Ma adesso chi ti toglie a me?

Fortunato - Aiuto! Un orribile serpente! (Muore)

Callimaco - Me misero! Oh il nefando delitto a cui mi traesti!... Tu spiri morsicato dal rettile ed io muoio di terrore con te! (Muore).

*

33

Il soggetto sul quale Anatolio France ha svolto il suo romanzo Thaïs, ossia la conversione di una meretrice intrapresa da un santo monaco, nel teatro di Rosvita è trattato ben due volte; nella Maria e nel Paphunctius.

Maria, nipote all'anacoreta Abramo e vivente in solitudine con lui, è sedotta da un perverso monaco; fugge una notte dalla Tebaide alla città vicina e si mette presso un oste a condurre la mala vita. È toccantissimo il racconto che il vecchio Abramo fa ad Efrem, suo fratel-lo di religione. - Da prima egli è avvertito della sventura che gli so-vrasta da un sogno: vede un dragone orribile divorare una candida colomba che gli sta vicina. Turbato dal sogno e non udendo più dalla cella di Maria venire i soliti canti spirituali, il vecchio accorre trepi-dando; e trova la cella vuota.... Ma egli ha avuto notizie del luogo infame ove essa vive. Andrà a lei in sembianze di un suo adoratore e cercherà di salvarla. Abramo, a cavallo e riccamente vestito da sol-dato arriva all'osteria ove dimora la nipote. Alla grande scena di si-mulata galanteria del vecchio, cui tiene dietro il riconoscimento e la conversione della giovane, non mancano le facezie dell'oste intro-duttore:

Stabularius - Fortunata Maria,
Laetare quia
Non solum, ut hactenus, tui coaevi,
Sed etiam seni jam confecti
Te adeunt,
Te ad amandum confluunt!

Maria - Quicumque me diligunt
Aequalem amoris vicem a me recipiunt.

Abraham - Accede, Maria, et da mihi osculum.

Maria - Non solum dulcia oscula libabo,
Sed etiam crebris senile collum
Amplexibus mulcebo....

Il dramma termina con una scena nel deserto fra Abramo ed Efrem. Il primo narra le vicende e l'esito fortunato del suo viaggio: e i due vecchi romiti s'uniscono in un inno di ringraziamento alla pietà divina che si compiacque di richiamare Maria a vita di penitenza.

Nel Pafunzio lo stesso tema è ripreso, ma con un concetto più ideale e insieme con più larga oggettività. Nessun vincolo di sangue nè altro obbligo di tutela spirituale congiunge Pafunzio a Taide. È per mera ispirazione divina che il monaco si decide a tentare la con-versione della donna; e un senso di giustizia ascetica e trascendenta-le balena in quella ispirazione. A che verrebbero i santi, con le pre-ghiere e coi digiuni, in tanta abbondanza di grazia presso Dio, se in pro delle anime erranti non si dovesse volgere una parte di essa? Per questo l'anima del romito interrompe la preghiera e vola dalla casta sua cella alla casa di Taide la grande cortigiana. Questo spirituale bi-sogno di communione nella carità è molto scolasticamente spiegato da Pafunzio ai suoi discepoli nel dialogo col quale comincia il dramma. Anatolio France rende umano e con più semplicità il pen-siero dell'anacoreta, in una apostrofe di lui a Dio: «Si je m'intéresse à cette femme, c'est parce qu'elle est ton ouvrage. Les anges aux-mêmes se penchent vers elle avec sollicitude. N'est elle pas, ô Sei-gneur, le souffle de ta bouche?.. Une grande pitié s'est élevée pour elle dans mon sein....»

Le scene del dramma di Rosvita si ripetono col medesimo ordine di successione nel racconto del romanziere parigino. L'andata di Pa-funzio ad Alessandria, il suo dialogo con Nicia perchè gli insegni il modo di pervenire in casa di Taide, la scena della conversione, la scena del rogo, la partenza per il deserto, la reclusione perpetua della donna penitente in una cella oscura e fetida... A questo punto le due narrazioni principiano a diversificare sostanzialmente. Secondo la monaca sassone, Pafunzio torna contento alla sua Tebaide e non ri-vede mai più la povera Taide se non il giorno in cui, consumata dalle macerazioni, ella sta per rendere l'anima a Dio. Benchè vecchio ca-dente, egli trova la forza d'accorrere a lei per assisterla piamente in quella ultima ora di prova; e mentre essa muore egli innalza questa bella preghiera. «... Permetti, o Dio, che gli elementi di cui è compo-sta questa creatura caduca vadano a ricongiungersi coi principi della loro origine; che l'anima venuta dal cielo partecipi alle gioie celesti, e che il corpo trovi una sede fraterna e amica nel grembo della terra, ond'esso è venuto, fino al giorno in cui, questa polvere riunendosi e un soffio spirituale rianimando queste membra, questa medesima Taide risusciterà creatura completa, quale essa fu nella prima vita, per pigliar posto fra le bianche pecorelle del Pastore!»
Abbiam visto quanto diversa fine faccia il povero Pafunzio nel racconto di Anatolio France.

*
* *

Non parliamo affatto di plagio; anzi io credo che qui abbiamo un nuovo argomento per metterci in guardia contro i facili scuopritori di plagi.
Oltre la vaghezza di un riscontro - certamente singolare e curioso fra due composizioni nate in tanta diversità d'epoca e d'ambiente eppure tanto somiglianti nella materiale sostanza e in moltissimi par-ticolari - ciò che sovra tutto mi ha indotto a scrivere, è stata l'ammi-razione provata da me nel vedere come il France da una stoffa vec-chissima abbia saputo cavare una veste nuova, tutto moderna, di forma elegante e smagliante di colori bellissimi. Quest'arte e questo coraggio di svecchiare i temi usati è molto propria degli autori fran-cesi. Il multa renascentur quæ jam cecidere, essi lo pigliano sempre per un augurio buono; e io credo che anche a questo essi debbano la loro fortunata e invidiabile fecondità.
Basta poi scorrere il romanzo Thäis, per convincersi di quanta ric-chezza di fantasia e di che sentimento di modernità, nelle idee e nel-le forme, il France abbia saputo valersi. L'ascetismo cristiano delle antiche Tebaidi ci torna innanzi signoreggiato e trasfigurato da un concetto filosofico e da un sentimento artistico. Uno spirito nuovo ci trasporta a immensa distanza dalla umile coscienza della monaca tedesca che sentiva e scriveva prima del Mille. Ma, appunto per que-sto, è ricco d'interesse e d'insegnamento il vedere come l'ingegno umano possa diversamente investigare un medesimo soggetto, e renderlo vivo nei colori dell'Arte.

35

PAOLO FERRARI

Anche gli ammiratori meno caldi del teatro del povero Paolo, in questo debbono convenire; ch'egli, quasi da solo, diede i segni di un forte risveglio e suscitò delle nobilissime speranze per la letteratura nazionale.

Quel decennio che corse dal 49 al 59, così denso di preparazioni e di apparecchi per l'avvenire politico d'Italia, fu per le nostre lettere un decennio fiacco e sconclusionato. - Il Manzoni, ritirato e quasi nascosto a Brusuglio, pensava alla botanica, alla rivoluzione francese e a Dio: il Nicolini invecchiato del corpo e della mente, ruminava in qualche stanco sonetto le sue ultime ire ghibelline: il Giusti era mor-to. - Epigoni e imitatori pullulavano da per tutto; e la mediocrità let-teraria, come una vasta acqua stagnante, si distendeva da Torino a Palermo. Il Prati e l'Aleardi si toglievano è vero dal mediocre; ma nella voce e nel volo di quelle due liriche individuali nessuno avreb-be avuto il coraggio di sentire soddisfatti tutti i bisogni, tutti gli or-gogli e tutte le speranze di un popolo che voleva civilmente risorge-re. Nessuno ho detto, e nemmeno quel critico burlone, che un gior-no, subito dopo il nome di Dante aveva scritto il nome d'Aleardo Aleardi...

Eppure, entro quell'atmosfera bigia di mediocrità, a un tratto si vide passare come un bel razzo luminoso; e fu la speranza di vedere nascere, vitale e raggiante di tutte bellezze, la moderna commedia italiana!

E il merito fu tutto di Paolo Ferrari da Modena. Bisogna ricor-darsi bene degli uomini e dei tempi per dare un giusto prezzo a que-ste cose. Se il Ferrari avesse potuto rappresentare le sue prime com-medie dieci o venti anni prima, nessuno sa quante e che eloquenti pagine gli avrebbe dedicato il Gioberti in quel suo Primato, ove sot-to a molte mezzane e piccole figure l'abate torinese aveva pensato bene di mettere, per carità di patria, dei piedistalli monumentali.

Pare che la commedia goldoniana non trovasse la vita italiana ab-bastanza permeabile per trasferirsi in lei e penetrarla tutta, trasfor-mandosi via via ella stessa in commedia nazionale. Molti studiarono questo problema della nostra letteratura e accennarono a diverse ca-gioni. La verità è, che il teatro di Goldoni non ebbe per noi quella espansione benefica e decisiva che esso meritava di certo e da molti si sperò ch'egli avesse. L'Italia (per ripetere la frase di Voltaire) non venne liberata dai Goti. La commedia goldoniana rimase per il no-stro teatro un bellissimo episodio; e continuò a ridere da tutte le no-stre scene come una eco giuliva del vecchio carnevale veneziano. Ma nulla più.

Seguirono settant'anni di miseria senza dignità. Mentre la Mel-pomene italica, a certi intervalli, poteva ancora mostrarsi in aspetto di regina, la sorella Talìa vivacchiava di ripieghi e di elemosine....

Come potevano i pubblici delle diverse città d'Italia non levarsi in entusiasmo e non abbandonarsi a sconfinate speranze, quando, pro-prio là in mezzo a quel tristo decennio letterario, in mezzo a quell'an-sioso decennio politico, videro la commedia nostra dare a un tratto segni di vita gagliarda, e lo stesso Carlo Goldoni «in persona» com-parire sorridente sulle nostre scene, in mezzo all'Alfieri e al Parini, per ricordarci il passato e propiziarci l'avvenire?

L'avvenimento oltrepassava i confini dell'arte e gettava un soffio di animazione balda e giovanile per tutta quanta la vita del paese. Allorchè il Conte Camillo di Cavour e Urbano Rattazzi andarono in un camerino del teatro Re di Torino a stringere la mano a Paolo Fer-rari, essi intesero l'opera del commediografo meglio che due profes-sori di estetica.

E Paolo Ferrari fu in quel periodo il vero, forse l'unico poeta della nazione aspettante.

*
* *

Troppo difficilmente il poeta poteva durare in quella altezza; e non durò. Il pubblico seguitò ad amarlo, e non fu scarso d'applausi a Prosa, a Cause ed effetti, alle Due dame, all'Amore senza stima, al Per vendetta, al Ridicolo, al Duello, al Suicidio; ma non cessò mai di ricordare, con un certo rammarico di decadenza, il Goldoni e il Pa-rini; e chi avesse potuto leggere bene in fondo all'animo di Paolo Ferrari, forse vi avrebbe trovato un consenso a quel rammarico.

Io non so che sia stata mai esplorata per bene la strada lunga, fa-ticosa e irta d'ostacoli che il Ferrari ha dovuto battere per giungere alla meta, ossia alla «commedia della vita contemporanea» che era certamente ne' propositi suoi. In Italia non c'erano che due modi: o buttarsi alla imitazione dei commediografi francesi o costruire da capo movendo da una genesi laboriosa. Dal romanzo astratto del se-colo scorso si era giunti al romanzo realista contemporaneo, passan-do, col Walter Scott e col Manzoni, per il romanzo ritemprato nella verità della storia. Paolo Ferrari volle trasportare e rispecchiare tutto intero questo procedimento artistico nei suoi tre distinti ordini di commedie. Una impresa atta a sbigottire e stancare un manipolo di valorosi. Dopo i primi tentativi nel campo indeterminato della psico-logia sentimentale e del patriottismo, (l'Anima forte, l'Anima debole, ecc.) eccolo d'un salto alla grande commedia storica, della quale egli in Italia dee essere riconosciuto per creatore vero, non avendo che una molto scarsa importanza i tentativi goldoniani intorno al Teren-zio, al Tasso, al Molière. Con propositi ben più alti e disegni più ap-propriati, benchè con varia fortuna, Paolo Ferrari portava sulle nostre scene le figure di Goldoni, di Parini, d'Alfieri, di Dante.

Ma nelle due commedie storiche, che restano come il documento più durevole della sua fama, il Goldoni e il Parini, Paolo Ferrari non mise solamente tutta la forza del suo ingegno. L'artista vi abilitò la mano, vi atteggiò la propria indole, vi impostò, per così dire, l'anima propria; di guisa che allorquando egli volle passare al terzo stadio, ossia alla commedia contemporanea, tutta la sua personalità di arti-sta aveva già acquistata una certa rigidezza; e non gli fu mai possibi-le di scioglierla interamente.

Tutto quello che potevano dare una vera e potente vocazione per il teatro, un ingegno agile e forte, una coltura certamente non volga-re, uno studio attento del vero e una consuetudine assidua e intima con quella società che il commediografo principalmente voleva rap-presentare, tutto questo il Ferrari ebbe e dimostrò nelle sue comme-die moderne. E queste sue commedie non ci siamo astenuti mai dall'ammirarle, per la magistrale elaborazione, anche quando erava-mo in presenza delle meno riuscite o delle più sbagliate. Due tre vol-te ci parve persino di vederci sorgere davanti luminoso il capolavoro; e stavamo per chinare la fronte... Ma poi dovemmo accorgerci che in esse mancava sempre qualche cosa di rilevante. Era quell'ultimo toc-co di spontaneità, quella suprema naturalezza di movenze, di trova-te, d'arguzie, quella modernità alata, istintiva e quasi inconscia, che sono come l'atmosfera vitale in cui solamente respira la commedia quando vuol essere la diretta immagine e quasi il «duplicato» della vita.

Ho conosciuto dei pittori provetti e già celebri i quali, dopo avere conquistata la loro bella rinomanza nel dipingere quadri d'argomento storico, in questi ultimi anni, mossi dall'esempio o dal bisogno di vendere o da una forza d'evoluzione più alta o più generica, si sono messi a dipingere episodi e ambienti di vita moderna - I loro quadri, ammirati negli studi e nelle esposizioni, ricchi senza dubbio di pregi, ma deficienti solo in questo, che non si mostravano abbastanza in perfetta consonanza con «l'abito dell'arte» appropriato al genere di pittura da poco prescelto, m'hanno fatto più volte pensare alle mi-gliori commedie del terzo periodo di Paolo Ferrari.

*
* *

E chi lo conosceva a fondo e nella intimità della vita il buon Pao-lo, trovava anche nella tempra dell'animo suo, se non un ostacolo as-soluto, certo una difficoltà di più per l'avveramento in lui del com-mediografo completo. Forse nell'intreccio e nello svolgimento delle sue facoltà interveniva troppo energico e troppo prevalente il princi-pio etico. Mi preme di subito spiegarmi. L'indignazione ha generato, dicono, la satira e forse anche la commedia. Nessun dubbio che Ari-stofane, Giovenale, Dante Alighieri e Gionata Swift non abbiano dagli sdegni nobilissimi e dalle rabbie profonde saputo derivare ele-menti preziosi per la formazione di un mondo comico di altissimo valore. - Ma tutto questo dato e connesso, io persisto a credere che meglio conferisca alla formazione d'un autore comico una delicata infusione di scetticismo temperato e di umorismo sereno. Molière, Machiavelli, Goldoni, Beaumarchais guardarono il mondo, sorri-dendogli d'un sorriso fra il disinteressato e l'ironico. Questo consen-tiva ad essi una maggior lucidezza nell'osservare e quella grande calma artistica, che dà, nel comporre, una forza inestimabile.

Ebbene, tale posizione dello spirito osservatore, che è una delle qualità attive dell'autore comico, mancava del tutto a Paolo Ferrari. Egli era un credente, un combattente, un enfatico nel senso più alto e sincero della parola. Non bisognava fermarsi ai suoi sorrisi e alle sue facezie, che spesso accusavano una origine troppo laboriosa. Io, più ebbi occasione di inoltrarmi nella conoscenza di quel suo animo nobilissimo, più mi convinsi che egli era un bel temperamento di po-lemista caldo e quasi eccessivo. S'appassionava per un partito politi-co, si appassionava per certe idee filosofiche e religiose, s'appassio-nava per le questioni letterarie e artistiche. Nobilmente per l'uomo, ma troppo, forse, per un autore di commedie!

Onde avvenne che quell'equilibrio psicologico e quella visione se-rena che egli portò nello studio di commedie d'argomento antico; e che fu uno dei segreti della loro riuscita, gli mancò o non l'ebbe suf-ficiente quando la commedia moderna lo trasportava di necessità nel fitto delle battaglie e nell'urto delle polemiche di cui è tutto intessu-ta la vita nostra da lui voluta rappresentare. Qui l'osservatore si mu-tava in passionato combattente; e l'equilibrio era turbato con detri-mento dell'opera.

Iratusque Cremes tumido delitigat ore.

Ma detto questo, noi dobbiamo anche ricordarci che quando Pao-lo Ferrari, quasi settantenne, annunziò che stava attendendo ad una nuova commedia, tutti quelli che in Italia amano l'arte furono con-fortati da un senso di lieta aspettazione e di speranza; e quando si seppe che era morto, parve che delle tenebre fitte calassero su tutte le nostre scene.... Questo parmi che dia, allo stesso tempo, la misura dell'artista che l'Italia perdeva e dipinga le condizioni in cui rimase la commedia italiana, quando il suo più forte campione si allontanò dal campo della lotta, per sempre.

MASTRO-DON GESUALDO

A GIOVANNI VERGA.

Chiudendo il libro, m'è parso d'uscire anch'io coi servitori di casa Leyra dalla stanza ove Mastro-Don Gesualdo ha cessato di soffrire e di vivere. Mi è parso insieme di allontanarmi da tutto un circolo di cose vere e di persone vive, in compagnia delle quali ho passato pa-recchi giorni, testimonio e partecipe quasi della loro vita. Don Ge-sualdo, mastro Nuncio, donna Bianca, donna Isabella, Diodata, Spe-ranza, i fratelli Trao, il canonico Lupi, il marchese Limòli, il barone Zacco, il baronello Fifi, la baronessa Rubiera, la Sganci, la Capitana, tutta gente che ha vissuto con me in lunga conoscenza. Poi rivedo un tramestìo di figure secondarie che vanno e vengono rapidamente, ma tutte con una fisonomia che, vista una volta, non si dimentica più: Nanni l'Orbo, Giacalone, don Liccio Papa il capo sbirro, don Luca il sagrestano, il farmacista Bomma, il dottor Tavuso e altri e al-tri....
Non meno forte nella memoria ho l'immagine dei luoghi: il pae-sello con la sua larga strada in mezzo e le viuzze che si perdono qua e là tortuose e mal selciate; il paesaggio siciliano arso dal sole, con le vie polverose, i burroni infuocati, i monti nerastri e rugginosi che fanno pensare a certi quadri di Lojacono; poi delle distese amenis-sime di «buona terra» che dà ricchezze d'alberi, di messi, di vigne, d'acque e di fiori.

*

* *

Questa grande evidenza Giovanni Verga non la consegue per via di un lungo e minuto descrivere, differenziandosi anche in questo dagli altri novellieri che oggi sono più in voga. Egli spinge in questo romanzo alle più rigide conseguenze il suo sistema di obbiettivazio-ne. Vi mette dentro ai luoghi e ai fatti: le cose e le persone vi stanno intorno e vi passano innanzi alla stessa guisa che se foste voi pure uno dei personaggi del racconto. Supponendo questo immediato contatto dei vostri occhi e del vostro spirito con la materia narrativa, il Verga descrive quasi sempre breve, rapido, incisivo, rendendo solo l'impressione momentanea e la linea fuggente.
Ma se poi avvenga che lo stato d'animo del personaggio sia più favorevole ad una più pacata contemplazione del mondo esteriore, allora anche la descrizione si distende con miglior agio e più ricchez-za di particolari. Un esempio. La giornata di Mastro Gesualdo è pie-na zeppa di fatiche, di noie, di amarezze: visita i lavori che ha in ap-palto, strappazza i lavoranti pigri, si cruccia coi parenti avidi e pol-troni. E via sempre brontolando e sudando sotto il sole ardente, con la sua povera mula, che un po' cavalca, un po' si trae dietro per ma-no. Finalmente verso sera l'infaticabile uomo giunge alla bella fatto-ria ch'egli ha già potuto comperare coi quattrini fatti, venendo su dall'umile mestiere di muratore. Là, in mezzo ai suoi campi, alle sue bestie, ai suoi servi, l'uomo che ha tanto lavorato si sente prendere l'anima e i nervi da un sentimento gradevole di stanchezza e di ripo-so. Allora ecco che anche il paese circostante, quella splendida cam-pagna che egli durante tutto il giorno, in mezzo alle angustie del la-voro arrangolato, non aveva certo pensato ad ammirare, pare che si metta in una più intima e carezzevole e quasi estetica armonia col suo spirito; o che gli si adagi davanti come una bella donna per esse-re contemplata da lui e goduta. - «..... Egli uscì fuori a prendere il fresco. Si mise a sedere sopra un covone, accanto all'uscio, colle spalle al muro, le mani penzoloni tra le gambe. La luna doveva esse-re già alta, dietro il monte, verso Francofonte. Tutta la pianura di Passanitello, allo sbocco della valle, era illuminata da un chiarore d'alba. A poco a poco, al dilagar di quel chiarore, anche nella costa cominciarono a spuntare i covoni raccolti in mucchi, come tanti sac-chi posti in fila. Degli altri punti neri si movevano per la china, e a seconda del vento giungeva il suono grave e lontano dei campanacci che portava il bestiame grosso, mentre scendeva passo passo verso il torrente. Di

39

tratto in tratto soffiava pure qualche folata di venticello più fresco dalla parte di ponente e per tutta la lunghezza della valle udivasi lo stormire della messe ancora in piedi. Nell'aria la bica alta e ancora scura sembrava coronata d'argento, e nell'ombra si accenna-vano confusamente altri covoni in mucchi; ruminava altro bestiame; un'altra striscia d'argento lunga si posava in cima al tetto del magaz-zino, che diventava immenso nel buio.» - Anche della povera ragaz-za che l'ha servito e amato, che l'amerà e lo seguirà sempre come una pecora fedele, mastro Gesualdo trova il tempo di occuparsi, non fos-se che con uno scapaccione in forma di carezza o con una domanda tra il ruvido e il premuroso. E intanto i ricordi fioriscono nell'animo del muratore arricchito. - «... Ne aveva portate delle pietre sulle spal-le, prima di fabbricare quel magazzino! E ne aveva passati dei giorni senza pane, prima di possedere tutta quella roba! Ragazzetto... gli pareva di tornarci ancora, quando portava il gesso dalla fornace di suo padre, a Don Ferrante...»

La pace, la poesia agreste dell'antico idillio siciliano pare che ca-lino un momento a blandire l'animo di quest'uomo e a rimescolarne il fondo bonario, fra le continue sollecitudini degli affari, le cupidigie del guadagno, gli urti con tutti, le diffidenze verso di tutti, le furbe-rie e le doppiezze che formano il tessuto laborioso di quella sua esi-stenza così inutilmente produttiva e così triste.

*

* *

La rapidità che abbiamo notata nelle descrizioni invade, costringe e, diciamo anche, affatica nelle sue strette tutto il racconto. Si sente che il Verga ha una lunga storia da raccontare e vuole affrettarsi. Pa-recchie volte ci aspettiamo una scena importante e restiamo a bocca asciutta; come il colloquio di donna Bianca e del marito quando ri-mangon soli la prima volta nella camera nuziale, come la presenta-zione di mastro Gesualdo alla Carboneria ed altre parecchie, per le quali la nostra curiosità era già vivamente stimolata. Invece il Verga preferisce di condurci fino sull'orlo della scena e poi di lasciarcela immaginare a nostro modo. Qualche altra volta egli ci dà la scena, ma solo per i suoi punti salienti o più significativi. È come se fossi-mo in una stanza accanto a quella ove il fatto succede: s'ode il tra-mestio della gente che si muove, si afferrano le voci, si indovinano i gesti e si capisce perfettamente la conclusione, tanta è la giustezza e la opportunità con la quale l'autore ha saputo scegliere e mettere in vista quei particolari. In questa sobrietà nel trascegliere i tratti signi-ficanti di una scena, l'arte del Verga è davvero ammirabile.

Anche nella rappresentazione dei caratteri e delle passioni egli è sempre parco e sa adoperare la eloquenza dei sottintesi. I siciliani di questo romanzo parlano tutti poco, a frasi strappate; e spesso anche non parlano affatto. Ma ogni parola ha il suo significato; e gesti e segni talora dicono assai più che le parole. Quante cose non dice, per esempio, la ruga che si va sempre più approfondando sulla fronte impenetrabile di donna Bianca e che vedremo poi ricomparire sulla fronte della sua figliuola! Le passioni di questa gente lavorano oc-culte e silenziose nel profondo dell'essere. Haeret cura medullis. Ma per questo appunto, quelle passioni fanno su noi una impressione più intensa, più cupa, più tragica; e il senso della pietà sgorga più vivo dagli animi nostri.

Io penso a quante pagine di bella prosa avrebbe dato materia un carattere come quello di Diodata se fosse capitata in un romanzo di Giorgio Sand! - È passione la sua, passione vera e inestinguibile di donna un tempo amata, o solo devozione affettuosa di serva, che sopravvive all'amore? L'autore non ci dice nulla di preciso: ma la povera ragazza ha parole tronche e sguardi e lagrime e silenzi che ci dicono tante cose! E ogni volta che la vediamo comparire vicino a mastro Gesualdo, come una buona bestia fedele in mezzo a tutto quel mondo di egoisti, di ebeti e di furbi che tormentano la vita del pover'uomo, proviamo uno stringimento di cuore, una tenerezza, una simpatia indimenticabile.

*

* *

Giovanni Verga è stato, nella nostra letteratura contemporanea, quello che gli antichi chiamavano homo unius negotii. Non ha avuto che una linea dinanzi a sè ed è andato sempre diritto per quella. Chi lo ha mai veduto divagare nella lirica o scorazzare nella critica o ba-daluccare nelle polemiche? Anche nella conversazione con gli amici egli non si dà mai alcuna cura di parere un uomo istruito e diserto, oltre il comune. Piuttosto ha l'aria di meravigliarsi molto che gli altri lo sieno tanto!.... Il racconto è stata la sua cura unica, continua e di-rei quasi gelosa. Se qualche digressione ha fatto nel teatro, anche al-lora egli ha avuto l'avvertenza di non farle torto, derivando il lavoro scenico dal midollo del suo stesso lavoro narrativo. Tutte le facoltà del suo spirito, tutte le energie del suo carattere d'artista e d'osserva-tore egli ha addensate e indirizzate a questo unico obbiettivo. Ma il frutto che n'ha raccolto è (bisogna dirlo alto) ammirabile e invidiabi-le.

Giovanni Verga può adesso pensare e dire come il suo mastro Ge-sualdo: ne ha portati dei sassi alla sua fabbrica! La quale è venuta sempre su innalzandosi fino a questo punto, che potrebbe benissimo essere un coronamento, senza i gagliardi addentellati che, per fortu-na, ci danno ragione di attendere sempre molto da lui.

Se è vera la definizione di Duranty che realismo in arte vuol dire expression franche et complète des individualités, nessuno può con orgoglio più legittimo del suo dirsi romanziere realista; se è spirituale argomento d'arte il far prorompere da un soggetto, alla prima umile e trito, senza erotici lenocinî e malgrado una forma troppo spesso re-frattaria al genio della corretta italianità, effetti potentissimi di commozione umana, pochi, ben pochi, a mio giudizio, possono oggi in Italia gloriarsi come Giovanni Verga del nome d'artista ideale.

IL ROMANZO DI UN MAESTRO

A EDMONDO DE AMICIS.

A primo tratto, questo libro non invoca tutti i suffragi di coloro che, con Volfango Goethe, prediligono in letteratura i generi decisi.

Dalla lettura di quelle cinquecento pagine vien fuori da prima una impressione mista: narrativa insieme e didattica. Si comprende subi-to che l'autore ha voluto, narrando la vita avventurosa di un maestro, dire molte cose che egli stima vere e utili sulla scuola elementare ita-liana, considerata nel suo quadruplice aspetto: i maestri, i metodi educativi, la legislazione e l'ambiente sociale.

Questa forma, del resto, non è nuova nel De Amicis; e chi volesse studiarla nella sua generazione dovrebbe risalire molto indietro; e forse troverebbe i primi germi nei Bozzetti militari.

Di mano in mano che andavo innanzi nella lettura, a me cresceva nell'animo questo convincimento: che l'autore con questo Romanzo di un Maestro è riuscito a conquistare adesso in pieno una data «forma» di libro che egli volge nell'animo da un pezzo e che in altri lavori precedenti (negli Amici per esempio) non aveva saputo con-quistare che in parte, a malgrado la potenza della mente, la costanza del lavoro e la singolare ricchezza degli artifici.

Sotto questo aspetto dunque, il libro è una nuova e insigne vitto-ria dello scrittore; e se la importanza d'una vittoria dee misurarsi dal-la forza e dal numero degli ostacoli, qui l'artista ha più che mai il di-ritto d'essere contento del fatto suo.

*
* *

Fra i lettori, parmi già di vedere due categorie, se non di sconten-ti, di sorpresi, perchè il libro non ha corrisposto in tutto alla loro aspettazione.

Chi si aspettava un libro pieno di osservazioni, di disertazioni e magari di battaglie didattiche, troverà che il racconto soverchia e qua e là divaga; a coloro invece che hanno aperto il libro con la im-magine suggerita ad essi dalla parola romanzo che è nel titolo, parrà che l'intendimento scolastico si faccia troppo spesso avanti e sia si-gnificato in forma troppo discorsiva, mentre poi i congegni e le fila stesse del racconto, invece di procedere con libera scioltezza, sono qualche volta adattati e quasi paiono tirati per forza dentro a certi schemi dimostrativi.

Io non discuto le sorprese letterarie che, nove volte su dieci, sono sorelle carnali dei mutabili gusti personali; ma sostengo che tanto i lettori della prima quanto quelli della seconda categoria avrebbero torto se pretendessero di tradurre la loro mancata aspettazione in ar-gomento di censura contro il libro.

Il libro nello spirito dell'autore è nato così, non altrimenti; e aveva tutto il diritto di nascere così.

Emilio Zola con una serie di romanzi ha voluto dimostrare quello che possa la nevrosi trasmessa come tabe ereditaria ai vari membri d'una famiglia. Edmondo De Amicis si è accinto, narrando la odis-sea di un giovane maestro, ad esprimere, senza mai abbandonare del tutto le forme narrative, molte cose che egli crede utili a sapersi da tutti per la soluzione di quel grave, lungo e oramai tormentoso pro-blema nostro che è la scuola elementare.

È permesso a uno scrittore il far travedere anzi il mettere schiet-tamente in vista, quando gli piaccia, l'intendimento utile d'una sua narrazione? - Lasciamo che ne discutano ancora quei critici ingenui, e stavo per dire quegli infelici, che perseverano nella volontaria fati-ca di fabbricare le caselle per la novissima rettorica. Dio buono! Bi-sogna bene che anche la infanzia e la vecchiaia abbiano i loro trastul-li.... Ma non mai, a proposito di un libro, potè, meglio che per questo del De Amicis, essere ricordata la massima di Boileau, che tutti i ge-neri son buoni all'infuori dei noiosi.

42

*
* *

Volete ricchezza di profili umani, colti dal vivo e delineati con mano ferma? I maestri Ratti, Lerica, Labaccio, Calvi, Delli; le mae-stre Galli, Ferrari, Pedani, Falbrizio, Bragazzi; il provveditore Mega-ri; il sindaco Lorsa, l'avvocato Samis, i preti don Bruna e don Birac-chio, l'organista anarchico, il segretario sornione, l'ispettore igienista, l'ispettore scienziato; ecco dei personaggi in carne ed ossa che ve-diamo muoversi, che sentiamo parlare, che non dimenticheremo più.

Volete varietà animata e pittoresca di ambiente e di paesaggio? Gerasco, Piazzena, Altarana, Camina, Bossolano, ognuno dei luoghi ove il maestro Ratti è portato dalla sua buona o mala ventura, il De Amicis sa ritrarre con tocco efficace o sobrio. Non profonde, come suole, tutti i colori smaglianti della sua tavolozza, inebriandosi di descrizioni; ma trova sempre il modo di compenetrare e via via di fondere quasi il dramma umano con la scena, raggiungendo spesso una evidenza mirabile. Come balza intera dinanzi ai nostri occhi la vita intima di que' comunelli di pianura e di montagna, con tutte le piccinerie e le miserie e le cattiverie, che l'autore non tralascia mai di ricercare e mettere all'aperto con una nobile austerità di proponimen-to!

La visita del maestro Ratti al provveditore Magari, merita di esse-re ricordata e confrontata con la famosa scena tra Don Abbondio e il cardinal Borromeo; la descrizione dei vecchi maestri obbligati agli esercizi di ginnastica, ci dà un quadro stupendo, fra bizzarro e pieto-so, che vi rinnova, sott'altra forma, l'impressione della «Corte dei miracoli» in Notre-Dame di Victor Hugo.

Alcune volte, è vero, una punta di caricatura che sconfina nel volgaruccio: qua e là degli indugi e delle variazioni compiacenti sulla formosità femminile e sugli effetti afrodisiaci che produce nei ri-guardanti; non di rado anche certe particolarità descrittive e crudez-ze di linguaggio inutilmente ignobili. Tutte cose nuove affatto o re-centissime nel De Amicis. Con le quali direste che egli metta un de-liberato proposito a vendicarsi di quei critici che per tanto tempo lo hanno proverbiato di sentimentalità o di idealità eccessiva. Volevano un De Amicis rude, audace, quasi brutale? Eccoli contentati!

Ma questi, che pur sono difetti, non riescono a offuscare uno de-gli aspetti più considerevoli del libro: voglio alludere alla schietta vena di umorismo, onde tutto il racconto riesce così brillantemente avvivato e come aromatizzato.

Alcuni critici hanno voluto sostenere,

tanta ignoranza è quella che li offende,

che l'umorismo è opera d'arte tutta moderna, confondendo la novità esotica della parola con la novità della cosa. Io intanto direi che, ge-neralmente parlando, l'umorismo degli scrittori moderni pecca spes-so di un grandissimo difetto, il quale consiste in una certa «esibizio-ne» troppo scoperta, e quindi tutt'altro che abile, del loro intendi-mento. Lo scrittore umorista noi lo sentiamo quasi sempre alla impo-statura della frase, al giro del periodo, perfino a qualche predilezione grafica e ortografica; lo indoviniamo a un certo suo piglio suggesti-vo, col quale par che ci dica: - eccomi qua; aspettatevi di sentirne delle belle! - Edmondo De Amicis invece possiede un fare tutto suo. Ha il segreto del nostro riso come ha quello delle nostre lagrime. La sua narrazione procede innanzi piana, limpida, uniformemente colo-rata, come una cert'aria di buona figliuola, senza lasciare mai scorge-re la più piccola pretesa a far dello spirito... A un tratto un particola-re, una reticenza, un motto, un idiotismo bastano perchè ci sentiamo pieni d'un improvviso buon umore; e spesso la volta della stanza ci rimanda l'eco di una nostra risata...

Ma benchè queste risate non sieno infrequenti mentre leggiamo Il romanzo di un Maestro, sull'indole del libro si stende un'ombra di tristezza. E l'hanno chiamato un libro pessimista.

La mente di Edmondo De Amicis da qualche anno (fu già nota-to) è entrata in un periodo più serio e ha contratto un abito più medi-tativo. Anche dall'animo suo, con la prima giovinezza, debbono naturalmente essere volate via certe inclinazioni a vedere tutte le cose del mondo con occhio confidente. Adesso egli sente di più certi di-sagi e certe inquietudini del nostro tempo; degli accenni frequenti e alcune preterizioni significanti, ne' suoi ultimi volumi, mostrano, a chi sappia leggere tra le linee, che egli si è venuto di più accostando, anche senza mutare nel fondo, alle idee e ai sentimenti della novissima generazione . Tale è, io credo, la prima radice di certe sue tri-stezze, che sconfinano talvolta in un accoramento profondo.

Se l'impressione generale che lascia questo romanzo non è allegra, bisogna anzitutto accagionarne la materia che, in Italia, davvero non lo è. Ma ammesso questo, io nego che pessimista debba qualificarsi il libro, nello stretto senso almeno che si suol dare a tale vocabolo. Esso ci fa pensare che sopra ottomila e più Comuni che conta il re-gno d'Italia, ve ne ha certo più che l'ottanta per cento nei quali la Scuola è considerata come un gravame, un ingombro, un fastidio, e il povero maestro quasi un nemico che si circonda di angheria e d'in-curia e d'ingiustizie d'ogni maniera. Doveva il libro farci pensare tut-to il contrario? Doveva invece portare un allegro contributo di ar-gomenti a conforto di quegli ingenui, ai quali il nostro trentennio di analfabetismo stazionario non ha ancora insegnato mai nulla, e che persistono a cullarsi nel sogno che senza una vera «rivoluzione» ne-gli ordinamenti scolastici potremo uscire da tanta miseria? - Il libro insomma è una terribile pittura di mali veri; ma nè li dimostra irrepa-rabili, nè va fino ad occultarci con essi la faccia del bene e a spegne-re in noi la fede nel suo trionfo. Tutt'altro. I tristi e gli inetti abbon-dano in questo racconto; ma bastano alcuni tipi veramente luminosi per farci guardare in alto e sperare virilmente.

I fanciulli, perfino i fanciulli, paiono in certe pagine aspramente trattati e quasi respinti dal paterno cuore di De Amicis. Come è dura la disillusione che mettono quelle pagine in noi, che qui ci attendevamo di vedere la penna del buon Edmondo gareggiare di sorrisi e di carezze col pennello dell'Allegri! Ma indi a poco, in altre pagine, vediamo l'ideale dell'infanzia e il santissimo ufficio di redimerla e di consolarla così potentemente evocati e inculcati, che non possiamo a meno di riconfortarci e quasi di inorgoglirci dell'amore e della fede nobilissima, che l'anima dello scrittore ha fatto esultare nella nostra.

LA LETTERATURA DEL CARCERE

A MATILDE SERAO.

Quello che sto per scrivere pare un controsenso: le opere d'arte più vigorosamente concepite ed eseguite, hanno il potere di farsi tal-volta dimenticare e quasi mettere in un canto dalla nostra imaginazione, che esse medesime hanno saputo spingere fuor di loro, lonta-no da loro, a spaziare per orizzonti vastissimi. È come una abdica-zione temporanea, la quale dimostra la potenza meglio che qualun-que altro esercizio di dominio diretto.

La musica di Beethoven, per esempio, io credo che non abbia avuto mai maggior trionfo di quell'ora in cui la mente di Goethe, ascoltandola, andò fantasticando di cose in apparenza tanto diverse e lontane da essa.

L'ultimo romanzo di Matilde Serao mi ha gittato nel cervello una inquietudine strana. Seguivo la storia di Rocco Traetta, il galeotto dell'ergastolo di Nisida, e ogni tanto, invece di voltare la pagina, chiudevo il libro, mettendovi l'indice per segno come Don Abbondio col suo breviario. Chiudevo il libro e pensavo ad altro. Forse che po-co mi teneva il racconto? Pochi invece io ne ricordo che m'abbiano più vivamente interessato e commosso; e se non fosse che a certe sentenze di carattere assoluto la critica dee sempre guardarsi dal tra-scorrere, massime quando si è ancora sotto il colpo di una forte commozione, io affermerei che il racconto All'erta, sentinella! è de-stinato a segnare una delle buone date nella cronistoria del romanzo italiano.

Nessuno meraviglierà che mi rapissero pei campi immensi delle associazioni fantastiche, la pietosa verità dell'argomento e il teatro del dramma. Avete mai pensato a tutta la materia artistica che è usci-ta dal carcere? È una interminabile galleria di quadri svariatissimi, col medesimo fondo tetro e limitato.

Alla grande serie si potrebbe dare un principio sulla rupe del Caucaso ove la coscienza umana lottò coll'Infinito; e Prometeo ap-pare come l'eroico archimandrita di questa generazione di grandi e miseri captivi che si succedono nella poesia e nella storia. Il dramma socratico si compie in un carcere. Il più terribile e pietoso episodio della Divina Commedia ha per teatro le quattro pareti della muda pisana.

Se si potessero applicare dei calcoli esatti in questa materia tanto difficile perchè tanto ribelle, si scoprirebbe, io credo, che alla prigio-nia andiamo debitori di parecchi fra i più intensi sviluppi psicologici della razza umana. La scienza intima dell'uomo, pur troppo, nacque dal dolore. Costretti nella lunga solitudine, rimossi da ogni distra-zione esteriore, profondati nelle tenebre e nel silenzio, tristi, avviliti, disperati, gli uomini allora non ebbero altro rifugio che la contem-plazione della propria anima; e vi si concentrarono con perseveranza dolorosa. Quanti abissi della coscienza esplorati e illuminati nei lun-ghi anni d'una prigionia! E il problema della vita quanti nuovi aspetti deve avere assunti dinanzi agli occhi fissi dei prigionieri! Le punte dei rimorsi e la buona compagnia della coscienza, le ombre della di-sperazione e i sorrisi luminosi della speranza, come debbono avere lavorato e rimuginato da cima a fondo lo spirito umano negli antri, nelle galere, nelle segrete e nelle casematte, durante tutti quei giorni senza luce e tutte quelle notti senza sonno!....

Una domanda sola: la tempra del metallo umano è uscita miglio-rata da questa fucina espiatoria ove martellano da tanti secoli gli Steropi e i Bronti? - Bonivard, il carcerato di Chillon cantato da Giorgio Byron, termina il racconto della sua orribile prigionia con queste singolari parole: «Finalmente vennero degli uomini a resti-tuirmi la libertà. Io non chiesi perchè, nè volli sapere dove mi con-ducessero. Ormai essere libero o prigione era indifferente per me. Io avevo imparato ad amare la disperazione. Quando vennero a libe-rarmi, quelle mura erano divenute il mio eremitaggio; e fui a un pun-to di versare delle lagrime nel momento di lasciarle...» Questa estrema e morbida raffinatezza del sentimento umano, forse non è una bizzarria poetica a cui il psicologo non debba badare.

Anche in Silvio Pellico e in altri troviamo le testimonianze stori-che di questa arcana e pietosa simpatia. E Silvio Pellico mi fa pensa-re alla grande letteratura autobiografica, che la prigionia ha prodot-to. La prima idea di narrare la propria vita probabilmente l'ha avuta un uomo carcerato; certamente nacquero in carcere molti propositi di lasciare il ricordo delle toccate ingiustizie e dei patimenti sofferti. A chi rivolgersi quando tutte le violenze del destino e della volontà umana cospirano contro di voi? Allora l'innocente leva il suo gemito e il vinto lancia la sua maledizione; allora l'uomo che soffre e che espia si sente attratto con forza invincibile a raccontare le sue pene e anche le sue colpe, perchè ha bisogno di consolarsi e purificarsi in una abluzione d'umana pietà.

Delle facoltà latenti e dormienti in fondo alle anime si svegliano a un tratto e danno splendori inattesi: la simpatia delle cose, muta per lo innanzi e nemmeno sospettata forse, dischiude la fonte della cu-riosità, delle meditazioni, dei sorrisi e delle lagrime. Una idea fissa si arrampica sopra tutte le altre, le governa e le tiranneggia; quella della evasione, per esempio. A Severino Boezio la Filosofia comparve nel carcere indegno, e gli fu prodiga di consolazioni nobilissime; ma quando il libro De Consolatione fu messo nelle mani del Casanova, l'avventuriero veneziano, tutto intento ad un solo oggetto, la fuga dal suo carcere, dichiarò che non seppe che farsene. «La seule pen-sée qui m'occupât était celle de m'enfuir; et, comme je n'en trouvais pas le moyen dans Boèce, je ne le lisais plus!»

*
* *

Se venisse in mente a taluno di ordinare in una biblioteca speciale tutti i libri autobiografici di narrazioni carcerarie, si vedrebbero, io penso, aspetti singolarissimi dello spirito umano e documenti per la storia e per l'arte curiosissimi.

Non mi metto nelle enumerazioni, anche sommarie, perchè andrei chi sa quanto in lungo. Ho sul tavolo l'ultima pubblicazione di que-sto genere; ed è La prigionia di Hercol Fantuzzi narrata da lui, edita dal mio bravo amico Corrado Ricci . Altro che processo degli untori e altro che Colonna infame! Dati i pregiudizi dell'epoca, gli invetera-ti errori giudiziari e i terrori di una grande calamità pubblica, quelle enormità in qualche modo si spiegano. Ma qui nel racconto del gen-tiluomo bolognese, indegnamente carcerato e torturato perchè non voleva servire alla cupidigia vendicativa di un cardinale, viene rive-lato, con una evidenza spaventevole e raccapricciante, tutto l'orrore di quel mondo giudiziario e carcerario, durato, su per giù, fino al se-colo scorso in queste terre di principi cristiani. Gli arbitrii, i garbugli, le false testimonianze, le falsificazioni negli atti e negli interrogatori sono passati in abitudine continua e i colpevoli nemmeno si degnano di scusarli e dissimularli. Il cavalletto, la ruota e la corda sono in as-siduo moto ad ogni reticenza, ad ogni resistenza nell'imputato a con-fessare tutto quello che il giudice s'è messo in testa che confessi.

L'abitudine crea quasi l'indifferenza; e un senso di lugubre face-zia si mescola a tutto quell'apparato di crudeltà e d'infamia. I falsi testimoni entrano mangiando e sghignazzano e dicono barzellette in faccia all'imputato che essi cercano d'assassinare. Il giudice, mentre il povero Fantuzzi è sospeso alla corda, gli passeggia sotto ghignan-do e gli chiede ogni tanto in tono canzonatorio: come state, messer Ercole? E quando quel disgraziato è ben rotto e sanguinoso della persona, gli fa mettere ai piedi una catena di ferro del peso di ses-santa libbre e gli niega il medico e gli niega il prete, perchè sia più presto ridotto a dire ciò che è nel desiderio di esso il giudice e del suo eminentissimo padrone che dica. Chi stupisce di tanta enormità? Nessuno. Lo stesso Fantuzzi si lagna, è vero, amaramente dei mali patiti, ma la nota della sorpresa non appare quasi punto nel suo scrit-to. Allora le cose andavano, d'ordinario, a quel modo. Perchè stupir-ne? E questa è davvero filosofia della storia in azione!

*
* *

46

Ma io sospetto, cara Matilde, che invece di queste mie divaga-zioni, più d'un lettore avrebbe gradito ch'io fossi stato fermo con la mente al vostro libro e mi fossi disteso a riassumerlo e a ricamarvi sopra commenti e note. O grande vanità della nostra critica! Un rac-conto sbagliato è come una gamba storta o una mano con sei dita. Tutti vedono il difetto e sanno anche indicare il modo con cui si sa-rebbe potuto evitare. Ma quando ha davanti a sè un racconto riusci-to, che cosa può fare la critica? Almanaccare perifrasi e prodigare aggettivi. Il vostro, amica mia, è un racconto riuscito mirabilmente, tanto che io non esito a dichiarare che con esso voi avete toccato un alto segno non prima raggiunto da voi, che pure al vostro attivo, co-me dicono, contate già di gran belle cose.

Mi auguro e spero, per voi e per le lettere nostre, che vi duri lun-gamente questa vena forte e felice, questa potenza di rappresenta-zione dilettosa, questo segreto di far passare nei vostri lettori il senso vivo delle cose e le passioni degli uomini; questo mirabile prestigio di colorito congiunto a così squisito criterio della misura.

E al vostro primo romanzo sbagliato, vi dedicherò un lungo arti-colo.